CONTENTS ✦目次✦

昨日の恋敵は今日の恋人

JN068537

✦カバーデザイン= chiaki-k（コガモデザイン）
✦ブックデザイン=まるか工房

イラスト・緒花✦

昨日の恋敵《てき》は今日の恋人

1

「……あの……」

今までの人生で足を踏み入れたこともないような、高層にして高級なマンションの一室。目の前にいるのは、これもまた今までの人生で会ったこともないような金髪碧眼《へきがん》の美青年で、一体何が起こっているのかと清瀬幸喜《きよせこうき》はただただ呆然とその場に立ち尽くしてしまっていた。

「君は誰？」

映画の吹き替えよろしく、金髪青年は流暢《りゅうちょう》な日本語を喋《しゃべ》っている。それがまた現実味《リアリティ》を奪うのだ、と未《いま》だ啞然《あぜん》としていた幸喜だったが、

「聞こえているかい？」

と訝《いぶか》しげに問われ、我に返ることができた。

「き、聞こえてます。あの、この部屋は加納桃香《かのうももか》さんが契約した部屋ではないですか？」

そうだ。これを聞かねば。桃香から送られてきたマンションの地図と鍵《かぎ》。彼女には敷金礼金、それに今月分の家賃の折半額を渡している。

しかし自分が渡した金額には見合わない、高級すぎる部屋に驚きしか感じていなかったの

に、室内にいたのは桃香ではなく、ハリウッドスターのような美青年だった。

一体どういうことなのか。戸惑いはＭＡＸに達していた上、美青年というだけでなく、高級そうなスーツを身につけている彼のセレブ感溢《あふ》れるオーラに圧倒されそうになりながらも、なんとか問いを発した幸喜の前で、今度は金髪の美青年が戸惑いＭＡＸといった表情となり問い返してきた。

「いかにもここは桃香と住むために僕が契約した部屋だが？」

「……え？」

幸喜は自分が聞いたことが信じられず、絶句してしまった。

「……待て。もしや君も桃香と……？」

呆然とする幸喜を見て、金髪は何かを察したらしい。彼の顔色がさっと変わったかと思うと、つかつかと幸喜に近づいてきた。

「取《と》り敢《あ》えず、座ってくれ。ゆっくり話をしよう」

そのまま幸喜をソファへと導く。

「何か飲むかい？　僕は酒でも飲みたい気分なんだが」

言いながら金髪の彼がキッチンへと向かっていく。

「あ、いえ、その、おかまいなく」

見れば見るほど立派な部屋だ、と幸喜はすっかり臆《おく》してしまっていた。

二十畳以上あるに違いないリビングダイニング。白い革張りのソファは前にテレビで見たイタリア製の一千万円以上するものとそっくりだった。

ソファ前にあるテレビは八十五インチ。その他のインテリアは、デザインはシンプルだが高級感がこれでもかというほど漂っている。

一方自分は、と自身の服装を見下ろした幸喜の口から溜《た》め息《いき》が漏れる。

洗い晒《ざら》しのTシャツにジーンズ。清潔面では問題ないとはいえ、真っ白なソファに座った結果ジーンズが色移りしたらと考えると、とても座れる気がしない。

立ち尽くしていた幸喜に、キッチンから戻った金髪が、笑顔で声をかけてくる。

「遠慮しないで。立ったままじゃ話せないから」

笑顔は少々引《ひ》き攣《つ》っていたが、どうやら金髪は落ち着きを取り戻しつつあるようだった。

実にスマートな仕草で幸喜にソファを勧め、先に自分が腰を下ろすと、おずおずとソファの端に腰掛けた幸喜の前、センターテーブルにウイスキーが入っていると思《おぼ》しきロックグラスを置いた。

「取り敢えず、落ち着こう」

乾杯という気分ではないけれど、とグラスを合わせようとする金髪に、幸喜は慌てて、

「すみません、未成年なので」

酒類は飲めないのです、と断った。

「未成年！　君、いくつ？　まさか高校生とか？」

途端に慌てた様子となった金髪だったが、幸喜が、

「大学二年です。桃香と同じ大学の……」

と答えると、あからさまなくらいにほっとした顔になった。

「ああ、そう。じゃあもうすぐ二十歳だね。ちょっと待って。何がいいかな？　水でもコーヒーでも冷蔵庫にあるよ。麦茶やウーロン茶も。日本茶も勿論《もちろん》淹《い》れられる。ティーバッグだけど」

「いえ、その……おかまいなく」

金髪の男性の口から『麦茶』や『日本茶』という単語が出ることに違和感を覚えつつも幸喜はそう言ったのだが、

「冷蔵庫から自分でとってきてくれる？」

と返されては、立ち上がらざるを得なくなった。

「……はい……」

キッチンへと向かったが、そこもまたモデルルームとしか思えないような高級感溢れる佇《たたず》まいだった。

両開きの大きな冷蔵庫を開けると、金髪の言うとおり、ありとあらゆる種類の飲み物が入っていた。

それらはすべて、幸喜がよく飲んでいるスーパーやコンビニ、自動販売機で売られているものではない。ミネラルウォーターのペットボトル一つとってもいかにも高級そうで、一体いくらするんだろうと戦々恐々としながらも、一番値段が安いのではと思われるものを手に取り、リビングへと引き返した。

待ちくたびれた様子の金髪が、幸喜を見て口を開く。

「とにかく、座ってくれ。まずはお互い、落ち着こう」

金髪が微笑《ほほえ》み、グラスを掲げてみせる。

「乾杯」

「か……かんぱい……」

一体何に？　疑問を覚えはしたが、唱和しないという選択肢はないとしか思えず、幸喜もまたおずおずとペットボトルを差し出した。

「さて」

ほぼ一気に近い感じでグラスの中身を飲み干した金髪が身を乗り出し言葉を発する。

「自己紹介し合おう。僕はテオ・ベイリー」

グラスをセンターテーブルに置くと金髪は——テオと名乗った彼は、スーツのポケットから名刺入れを取り出し中から名刺を一枚、差し出してきた。

「……ワールドビジネス大学院日本校……代表？」

名刺には名前と勤務先が書いてあった。『ワールドビジネス大学院』は幸喜も知っている、日本国内でMBAが取得できるというビジネススクールである。二年前、日本校が設立されたのだが、この学校独自のプログラムが実践に即役立つという評判を得ていることも、それゆえ社会人にかなりの人気を誇っているということも、幸喜はよく知っていた。

「……え……？」

そんな有名なビジネススクールの『日本校代表』？　めちゃめちゃ偉い人なんじゃないのか、と認識したと同時に、幸喜の頭からさーっと血の気が引いていく。

「それで君は？」

ニッと笑いながら金髪が——テオという名の彼が問いかけてきたのに、ますます臆してしまいながらも幸喜はおずおずと名前を告げた。

「W大二年の清瀬幸喜です。あの……」

「コーキ君か。僕のことはテオと呼んでくれればいい」

テオはそう言うとすっと右手を差し出してきた。

「よろしく」

握手。滅多にしないことゆえ、一瞬固まってしまった幸喜だったが、出された手を握らないのは失礼かとすぐに我に返り、慌てて右手を差し出した。

「よ、よろしくお願いします」

握ったテオの手はひんやりと冷たく、自分の手の熱さと汗ばみを嫌でも自覚させられた。

「す、すみません」

思わず謝罪した幸喜に、テオが戸惑った様子で問いかけてくる。

「何を謝るんだ？」

「あ、その」

真《ま》っ直《す》ぐに目を見つめられ、鼓動が一気に高鳴る。澄んだ湖面のような青い瞳の美しさに魅入られ、視線を外せなくなる。

「『その』？」

テオに問われ、またも、はっと、幸喜は我に返った。

「す、すみません。僕の手、汗ばんでいたかなと……」

「え？」

答えが予想外だったからか、テオが目を見開いたあとに、ぷっと噴き出す。

「別に気にしないよ。手の汗ばみなんて。君は面白いね、コーキ君」

明るい笑い声が室内に響く。笑われて当然だ、と幸喜は己の頬が紅潮してくることに耐えていた。

「さて」

ひとしきり笑ったあと、テオがセンターテーブルから、先程幸喜のために用意してくれた

ウイスキーのグラスを取り上げる。一口飲むと再びそれをテーブルに置き、テオは身体《からだ》を幸喜へと完全に向け口を開いた。

「単刀直入に聞こう。君は桃香のなんなんだ？」

「……っ」

本当に『単刀直入』だと、幸喜は息を呑《の》んだ。

「因《ちな》みに僕は桃香の恋人だ」

続けられたテオの言葉にまた、幸喜は息を呑む。

そうではないかという予感はあった。彼は先程『桃香と住むために契約した部屋』と言っていた。

ということは——自分は彼女に騙《だま》されたと納得するしかないのか、という諦観を早くも覚え始めていた幸喜に、再びテオが問いかける。

「君も桃香の恋人……とでも言うつもりかい？」

「……あの……恋人というか……」

改めて考えると自分と彼女の関係はなんだったのだろう。口ごもった幸喜に、テオが訝しげな顔で問うてくる。

「恋人ではなかったと？」

「ええと……」

ここで幸喜は桃香こと、加納桃香との関係について思い起こそうとした。

「どういう関係だったんだい？」

テオに問われるがまま、桃香との出会いから今日に至るまでを話し出す。

『清瀬君、今の授業のノート、見せてもらえない？』

ひと月ほど前、一般教養の法学の授業のあと、いきなり声をかけてきたのが桃香だった。

『君のノートが見やすいって聞いたんだ。コピーさせてもらっていい？』

『え？　え？』

初対面の、しかも超がつくほどの美少女にいきなり声をかけられ、戸惑うしかなかった幸喜に、美少女はぐいぐいと迫ってきた。

『私、加納桃香。コピーさせてもらうお礼にお昼おごらせて！　学食なんてしょぼいこと言わないから。ＹＵＺＯのドライカレー、どう？　食べに行こう』

いいも悪いも言えないうちに、気づけば幸喜は会ったばかりの彼女と人気の店の人気メニューを共に食していた。

『私のことは桃香って呼んで。幸喜君』

一方的に名前で呼び合う仲となり、翌日からはよく大学の構内で顔を合わせるようになった。

『お昼食べよう』

桃香は自分のことを、聞くより前によく喋った。

『ウチ、両親が去年立て続けに亡くなって天涯孤独なんだ。え？　幸喜君も？』

境遇が似ていることで親近感は増していった。だが『付き合っている』というわけではなかった——と思う、と、今更ながら幸喜は首を傾《かし》げた。

「それで？」

テオに先を促され、幸喜は、疑問を覚えている場合ではなかった、と話を続けた。

「それで先週、桃香から今住んでいるアパートから立《た》ち退《の》きを迫られているという相談を受けて……偶然、僕も今住んでいるアパートが来年建て替えるということで、半年以内には退去してほしいと大家さんに頼まれているという話をしたら、それならいっそルームシェアをしない？　と誘われたんです」

「ルームシェア……」

ここでぼそりとテオが呟《つぶや》く。

「……え？」

彼の眉間に不快さを表す縦皺《たてじわ》が寄っていることに気づき、何かマズいことを言ったかと幸喜は緊張を高めた。

「あの……」

嘘《うそ》だと思われたのか？　このまま話を続けて大丈夫だろうかと、おずおずと切り出しかけた幸喜をテオがきつく見据えながら口を開く。

「ルームシェアではなく同棲《どうせい》だろう？」

「あ、いや、同棲じゃなくてルームシェアです」

はっきりと桃香もそう言っていた。そのときのやりとりを幸喜はできるかぎり正確に思い出そうとした。

『幸喜君も立ち退きを迫られてるの？　ならちょうどいいじゃん。一緒に住まない？』

『えっ』

一緒に住むって、そんな簡単に、と驚く幸喜に桃香はぐいぐいと迫ってきた。

『重く考えることないって。ルームシェアだよルームシェア。二間あるところを借りて、一部屋ずつシェアするの。それぞれ借りるより家賃安いし、敷金礼金も二人で折半すれば割安になると思わない？　うん、我ながらすごいいいアイデア。いいよね？　私、部屋探すから』

『し、しかし……』

押せ押せで迫られ、たじたじとなりながらも、女の子と同じ部屋に住むことにはやはり抵抗を覚え、断ろうとした幸喜だったが、

『ウチらの仲じゃない！』

と言われた上でこう続けられてはもう、断ることができなくなった。

『一緒に住めばいつも一緒にいられるんだよ。嬉《うれ》しくない？　ウチ、身寄りがもう一人もい

ないじゃない？　だから家族と一緒にまた住んでみたいなあって。あ、違う違う。逆プロポーズじゃないよ。結婚とかはまだ先のことだから。そういうのは抜きにして、一人じゃなくて誰かと一緒に住みたいなって思ったんだ。その相手が幸喜君だったらちょうラッキーだなって思うの。勿論、幸喜君がどうしてもいやだっていうなら諦めるけど……』

桃香が物凄《ものすご》く残念そうな顔になる。大きな瞳には涙が溜まっているのがわかり、とても『どうしても嫌』とは言えなくなった。

桃香は天涯孤独と言っていた。自分もまた両親を亡くし、ほぼ天涯孤独といっていい身の上である。一人暮らしが寂しいという気持ちもわかる。

家賃が割安になったらそれはそれで助かるか、と、幸喜は、躊躇《ためら》いを覚えながらも桃香に押し切られた形でルームシェア案を受け入れたのだった。

「……というわけで、同棲じゃなくてルームシェアなんです」

「………………」

テオは幸喜の話を相変わらず眉間に縦皺を刻んだまま聞いていた。わかってもらえなかったかと、幸喜はおそるおそるテオを見やる。

「桃香は去年、両親を亡くしたんだったな」

ぼそ、とテオが呟くようにして幸喜に確認を取る。

「あ、はい。そう聞きました」

「今の話では君も彼女と同じく天涯孤独の身なのか?」

テオに問われ、幸喜はそれすら疑われたのか? と少し気分が悪くなった。

「正確には天涯孤独ではありません。両親は亡くなっていますし、きょうだいもいませんが、父の妹夫婦がオーストラリアに住んでいます。ほぼ交流はありませんが」

「ご両親はいつ?」

「一昨年です。両親とも癌で」

「それは……大変失礼した」

テオの表情がさっと変わり、申し訳なさそうな顔になったかと思うと、幸喜に頭を下げてきた。

「いえ、そんな」

真摯な謝罪を受け、かえって恐縮してしまうと幸喜は慌て、機嫌もすっかり直る。

「そういったわけで、誰かと暮らしたいという彼女の気持ちもわかるので、ルームシェアに同意したんです。部屋探しは彼女が任せてほしいと言うので任せていたら、いい部屋が見つかったのですぐに契約したいと言われ、昨日敷金礼金の半額と今月の家賃を渡したところ、今朝、ポストに鍵と住所が入っていて、現地で落ち合おうと言われたんですが……」

「……なるほど……」

テオの眉間に再び縦皺が刻まれる。

「本当です」

先回りをして言うとテオは、

「君を疑ったわけじゃないよ」

と即座に言い返したあとに、はあ、と溜め息を漏らし、首を横に振った。

「……よくわかった。それでは僕の話を聞いてもらえるかな？」

気を取り直した様子となったテオはそう言うと、幸喜が頷くより前に口を開いたのだが、衝撃的な単語に幸喜は早々に彼の話の腰を折ってしまった。

「桃香は恋人だと言ったが、実は結婚の約束をしていた。いわば彼女は僕の婚約者だ」

「こ、婚約者⁉」

大きな声を上げた幸喜に、今日一番の不快そうな顔でテオが頷く。

「ああ。半年前に出会って先月、プロポーズした。式はまだ先になるが、今日からこのマンションで共に暮らすことになっていたんだ」

「え……ええー……」

そんな馬鹿な。そう言いそうになり、慌てて幸喜は口を閉ざした。同時に、自分の話を聞いたときのテオも同じだったのかと気づき、なんともいえない気持ちとなる。

「……鍵、見せてもらえるか？」

テオに言われ、幸喜はポケットからキーを取り出し彼に渡した。

「……間違いない。僕が彼女に渡したキーだ」

キーには綺麗なリボンが結ばれていた。桃香の好きなピンク色なので、てっきり彼女が結んだものかと思っていたのだが、結んだのは彼だったのか、とテオを見る。

「……コーキ君」

はあ、とまた大きな溜め息をついたあとに、テオが顔を上げ、幸喜を見る。

「はい」

「認めたくはないが、我々はどうやら詐欺に遭ったようだな」

「さ、詐欺⁉」

またも衝撃的な単語に、幸喜は大きな声を上げてしまった。

「どう考えても詐欺だろう？　二股なんて生易しいものじゃない」

テオの表情は今や怒りに燃えていた。

「し、しかし……」

詐欺、すなわち犯罪だが、桃香が犯罪者というのは考えがたい、と思っていた幸喜の横でテオがポケットから取り出したスマートフォンでどこかに電話をかけようとする。

「……やはり……」

すぐに通話を切ったテオが、呆然としたままその様子を見ていた幸喜に指示を出した。

「君も彼女にかけてみてくれ。僕は繫《つな》がらなかった」

「あ、あの……はい」

そんな、と幸喜もスマートフォンで桃香の番号を呼び出しかけてみたが、聞こえてきたのは『おかけになった番号は現在使われておりません』というアナウンスで、幸喜はまたも呆然となってしまった。

「そんな……」

「君も繋がらなかったようだね」

やれやれ、というような顔でテオはそう言うと、幸喜の顔を覗《のぞ》き込《こ》むようにし、問いかけてきた。

「君の被害額は？　さっき、敷金礼金半額と言ってたね。いくら彼女に渡した？」

「さ……三十万くらいです」

敷金礼金それぞれ二ヶ月分が必要と桃香に言われ、手渡した。詐欺に遭ったとするとあのお金はもう戻らないのかと察した瞬間、幸喜の頭からさーっと血の気が引いていった。

「他には？　お金を貸したり高価なプレゼントを贈ったりはしていないか？」

テオの質問に対し、三十万円失ったショックから立ち直れずにいた幸喜は、答えを見つけることができなかった。

「あの……あなたは……？」

それで問いに問いで返すことになったのだが、答えを聞いた瞬間、幸喜の頭は完全に思考力を失った。

「僕か。僕は婚約指輪が五百万、他にもいくつか指輪やアクセサリーを贈った。服や靴もね。ああ、それから何よりこのマンション。購入価格は一億二千万。まあ、名義は僕なので損失とは言えないが……」

「い、一億⁉」

指輪の五百万でも充分驚いていたのに、桃香のためにこの部屋を購入したとは。『契約』というのが賃貸ではなく分譲だったことへのショックが大きすぎて、幸喜はもう何も考えられなくなってしまった。

「詐欺だと認める気になったかい？」

固まってしまっていた幸喜にテオが問いかけてきた。

「……はい……」

まさしくこれは『詐欺』だ。一億二千万に比べたら自分の三十万など取るに足らない金額に思えてしまう。

いや待て。ここで幸喜は、はっと我に返った。自分にとっての三十万円は『取るに足らない』金額では決してない。

両親の遺産は、幸喜が大学を卒業するまでの学費と住居費を含む生活費にギリギリ足りるか足りないかといった金額だった。なので家賃の安いアパートを探し、大学の近くのカフェで、週四でアルバイトをしている。

三十万円のマイナスは本当に痛い。三十万稼ぐ為には何時間バイトすればいいのか。何かバイトを増やさねばとても補塡できる金額ではない。

なんとか取り戻す術《すべ》は、と考えた結果、これしかない、と幸喜は閃《ひらめ》き、立ち上がった。

「警察！　警察に行きましょう！」

詐欺は立派な犯罪だ。逮捕できたところでお金が戻ってくる保証はないが、可能性はゼロとはいえない。今すぐにでも被害届を出すべきでは。それでスマートフォンを取り出し、一一〇番にかけようとしたそのとき、

「ちょっと待った！」

テオもまた立ち上がり、大声を出したものだから、幸喜は驚きまたも固まってしまった。

「ま、待つ？」

どうして、と問い返した幸喜に向かい、テオが、

「当然だろう」

と眉を顰《ひそ》める。

「警察になど届け出たら、私が結婚詐欺に遭ったことが世間に知られてしまう。それはなんとしてでも避けたい」

「え……ええー……？」

この人、何を言っているんだ。

幸喜にはテオの発言の意図がまったく理解できなかった。

「世間の物笑いの種になるのもご免だし、我が校の信用度が下がるのもご免だ。警察は困る」

きっぱりすぎるほどきっぱりと言い切られ、幸喜はただただ戸惑うしかなかった。

「そ、それでは諦めると……？　い、一億以上もの損害を……？」

なんて太っ腹な。彼にとっては一億という金額は捨て置けるものなのか。同じ人間とは思えない、とただただ驚いていた幸喜に、またもきっぱりとテオが言い放つ。

「諦めるわけがないだろう！　詐欺に遭っておいて」

「しかし……」

警察に届け出ないでどうやってお金を取り戻すというのだ。桃香の行方《ゆくえ》を私立探偵にでも探させると？　さすが富裕層、考えることが違う、と感心していた幸喜だったが、テオが頼ろうとしていたのは探偵ではなかった。

「君も悔しいだろう？　ここは二人で桃香の行方を探そうじゃないか」

「ええっ？」

まさかの提案に、幸喜の口からは今日一番の大きな声が漏れていた。

「君と僕、二人の力を合わせれば、桃香を見つけることができるんじゃないかと思う。是非、協力してもらいたい。二人で彼女を摑《つか》まえよう！」

「え、ええー?」

もう『ええー』という言葉しか出てこない。一体どういう思考回路なんだ、と、唖然としていた幸喜の前でテオは、

「そうと決まれば作戦を立てよう」

と言ったかと思うと、青い瞳をキラキラと輝かせ、幸喜に向かって身を乗り出してきたのだった。

2

「どうしたの？　清瀬君。なんか疲れてない？」

アルバイト先のカフェの店長、松井《まつい》に声をかけられ、幸喜は慌てて笑顔を作った。

「大丈夫です」

「ならいいけど」

幸喜が無理しているのがわかったのか、松井が心配そうな顔になる。

「引っ越しも大変だっただろう？　今日はお客も少ないから、疲れているなら早めにあがってくれてかまわないよ」

「あ……りがとうございます。大丈夫です！」

早めにあがればその分時給が減る。それは困る、と幸喜は自分が元気であるアピールをしようとしたが、それすら松井は見抜いていたようだった。

「大丈夫。バイト料を削るなんてことはしないから安心して」

「す、すみません……っ」

幸喜がこのカフェでアルバイトを始めたのは大学入学時、『アルバイト募集』の張り紙を見て店に飛び込んだのがきっかけだった。

カフェ『C'est si bon』はW大卒業生の松井夫婦が後輩のために小洒落《こじゃれ》た憩いの場を作りたいという願いのもと開店した店で、値段設定は低いが店内のロケーションはラグジュアリーなパリのカフェというコンセプトが貫かれていた。

松井は三十歳になったばかり。高身長に眼鏡《めがね》のイケメンで、いかにも『お洒落カフェ経営者』というに相応《ふさわ》しい外見をしている。妻のさやかは二十五歳なのだが、昨年双子を出産し、今は店に出ていない。

アルバイト募集は、さやかのつわりがきつくなり、店に立てなくなったからだった。今は幸喜の他に二人バイトがいるが、店に出るのは一人というようにシフトを組んでおり、勤務時間が重ならないこともあってあまり交流はなかった。

幸喜は平日の午後四時半から店が閉まる午後九時までのシフトだった。行かれないときには事前に松井に連絡を入れ、シフトを調整してもらうのだが、真面目《まじめ》で責任感の強い幸喜は土日のシフトの学生のかわりに呼び出されることはあっても、彼の方から都合が悪いと電話を入れたことがなく、そのためか松井には特別に可愛《かわい》がられていた。

「それにしても引っ越しが急で驚いたよ。立ち退き、半年猶予があるんじゃなかったっけ?」

「はい。でも僕以外の住人は全員今月末で退去が決まっていたそうで、もう変更もできなくて……」

日頃世話になっている大家に『おかげで早く工事に着手できるよ。ありがとう』とあれだけ感謝されたあとでは『やはりもう少しいさせてください』とは言いづらくなった。

テオにはそうした事情を何も説明しなかったというのに、向こうから、

「桃香が見つかるまでの間、君はここに住むといい」

という有難すぎる申し出があった。

「敷金礼金、それに家賃を彼女に渡したんだろう？　今の部屋と二重に家賃を払わせるのは学生には気の毒だ。幸いというかなんというか、ここは二人で暮らすために用意したから部屋は余分にある」

「いや、しかし……」

こんな立派な部屋に住まわせてもらうわけには、と幸喜は遠慮したのだが、

「その分、桃香捜索に協力してくれればいいから」

と言うテオに結局押し切られてしまった。

そうと決まれば、と、テオは早々に引っ越し業者を手配し、翌日には勝どきにある超高層超高級マンションへの幸喜の引っ越しが完了、月曜日の今日、気疲れと体力疲れを引《ひ》き摺《ず》った状態でバイトに出ているというわけだった。

「引っ越し先、勝どきだっけ。結構遠くなったけどシフトはこのままで大丈夫？」

松井が心配そうに問うてくるのに、幸喜は、

「大丈夫です」

と即答したのだが、続く松井の問いには答えに詰まってしまった。

「にしてもなんだって勝どきに？　この辺で探せばよかったのに」

「そ、それは……」

本当の理由など言えるはずもなく、口ごもった幸喜に、松井が悪戯《いたずら》っぽく笑いかけてくる。

「もしかして最近よく来ていたあの可愛い子、桃香ちゃんだっけ？　彼女と一緒に住むのかな？」

「マ、マスター、気づいてたんですか」

桃香は確かにこの店にも一人でよく来ていた。が、バイト中の幸喜の邪魔をしてはいけないという配慮を見せ、話しかけてくることはほぼなかった。

それなのに、と目を見開いた幸喜に松井は、

「そりゃわかるよ。年の功っていうの？」

と笑い返したあと、

「やっぱりそうなんだ」

と納得してしまった。

「あ、いや、その」

「そうだと思ったんだよね。やるじゃない、清瀬君。しかし君狙いのお客さん、結構いたか

ら、彼女と同棲し始めたとわかったら客足が減るんじゃないかと心配だよ」

「えっ？　僕狙い？」

まずは、一緒に住むのは桃香ではないと説明しようとしたが、それ以上に身に覚えのないことを言われ、幸喜はそっちを問い返してしまった。

「うん。君がバイトに来てから女の子のお客さんが激増したんだよ。結構話しかけられているじゃない」

「オーダーはとりますけど、そのくらいで……あ」

このあたりで幸喜は、もしや、と気づいた。

「からかってます？」

「いやいや。どうして君をからかうの」

松井が心外そうな顔になる。

「純真そうな美少年なんだ。人気がないわけ、ないだろう？」

「美少年って誰ですか」

話が急に見えなくなった。首を傾げた幸喜に、

「君だよ」

と速攻、松井から突っ込みが入る。

「僕？　いや、もうすぐ二十歳ですよ」

『少年』ではないはずだし、何より『美』はおかしい。言い返した幸喜を松井が残念そうな目で見る。

「自覚がないのも困りものだね」

やれやれ、と松井は溜め息を漏らしたが、言っても無駄と判断したのか、

「とにかく、ゆっくり身体休めてね」

と送り出してくれた。

バックヤードで白シャツと黒ズボンという制服から自分の古びたシャツとジーンズという私服に着替え、幸喜は地下鉄の駅に向かった。

松井の言うとおり、都営と東京メトロを乗り継ぐ地下鉄での移動時間も負担ではあった。体力的にもだが、今まで購入していなかった定期券を買うことにもなり、金銭的な負担も増える。

やはり大学の近くで部屋を探そうか。しかし先立つものがない。となると桃香を探し出し、三十万円を返してもらわねばならないということか。

しかしお金は返ってくるのだろうか。何より警察に頼らず桃香を見つけることなどできるのか。

もう、溜め息しか出てこない、と、幸喜が深い溜め息を漏らしたあたりで、勝どき駅に到着した。

マンションは駅直結だった。キーを翳《かざ》してエレベーターホールに入り、エレベーターにもキーを翳して上層階のボタンを押す。

一億二千万の部屋。この先一生、足を踏み入れることはないだろう。そんな部屋に住むなんて、未だに信じられないと思いながら幸喜はエレベーターを降り、部屋へと向かった。

キーで開き、中に入る。どうやら無人であることに安堵《あんど》しつつ幸喜は、『自分の部屋』へと向かった。

六畳ほどの部屋は、桃香に用意されたものとのことで、部屋の半分は大型クロゼットに占拠されていた。机にもなりそうな豪華なドレッサーもかなりの幅を取っている。

そこに幸喜の荷物を運び込んだため、かろうじてドレッサーまわりに座れるだけのスペースはあるが、他は足の踏み場のない状態となっていた。

どうやって片付ければいいのか。これでは布団も敷けない。そもそも桃香はどこに寝るつもりだったのかという幸喜の疑問は、テオによってすぐに解決した。

部屋は3LDKだが、主寝室にはキングサイズのベッドがある。『二人の』寝室なので桃香の部屋にベッドがない理由がわかった。

もう一部屋は、テオの書斎だった。中を見せてもらったところ仕事机に大きなモニターが二台、それにIT機器と、ぎっしり本が詰まった天井まである本棚が二本という、知的としかいいようのない空間で、この部屋には布団を敷くスペースはあるものの、ここで寝かせてくださいと言い出せるような雰囲気ではなかった。

「当面、君にはリビングで寝てもらうしかないね。寝室で一緒に寝るのでも僕はいいけれど」

テオの言葉は冗談なんだか本気なんだかわからないと思いつつ、高価なソファによだれを垂らすことなどないよう気をつけねば、と落ち着かない思いで一夜を過ごした。

今日はなんとしてでも自分の部屋に寝場所を作ろうとしたのだが、クロゼットとドレッサーが大きすぎて何をどうやってもスペースは生まれない。

やはりリビングで寝るしかないのか、と諦めたときに、インターホンが室内に響き渡った。

「……っ」

誰だ、とリビングにある画面へと走った幸喜の目に飛び込んできたのは笑みを湛《たた》えたテオの顔だった。

「こ、こんばんは」

『やあ、帰っていたんだね。開けてもらえるかな』

爽やかな声でそう言われ、ドキ、と胸が高鳴る。この高鳴りは間違っているから、と幸喜はすぐに我に返ると、

「オートロック、解除します」

とスピーカーに向かって声をかけ、ボタンを押した。

その後、玄関のドアチャイムも鳴らされ、なぜ鍵を持っているのに自分で開けないのだろ

うと訝りながらも幸喜はテオのために鍵を開け、ドアを開いた。

「ただいま」

「お……かえりなさい」

きっと彼は桃香と共にこうした暮らしをしようと夢見ていたのだろう。しかし出迎えるのが自分では、がっかり感が半端ないのでは、と幸喜はつい案じてしまったが、すぐに、別に自分が案じる必要はないのかということに気づいた。

「今日はバイトだから遅くなるんじゃなかった？」

テオは幸喜に対し、すっかりタメ語となっていた。親しみを覚えているのはわかるが、その理由はおそらく、桃香に騙された者同士、ということなんだろうかと思いながら幸喜は、笑顔が引き攣らないよう心がけつつ彼に答えた。

「引っ越しで疲れただろうからって店長が気を遣ってくれたんです」

「夕食は？」

「これからです」

問われて幸喜は、既に午後八時を過ぎていることに今更気づいた。

「私もだ。どうだい？　外に食べに出ないか？」

「外ですか？」

これからか、と問い返した幸喜を前に、テオが、

「昨日も言っただろう？」

と微笑みかけてくる。

「昨日……あ」

何を言われたかと考えようとした次の瞬間には、幸喜はそれが何かを思い出していた。

「そう。桃香を探すために、彼女と訪れた思い出の場所や、彼女が気に入っていた場所をまず訪れてみる。僕の仕事が終わるのがだいたいこの時間でね。彼女とはこれくらいの時間に待ち合わせて色々なレストランに行った。今夜は彼女がとびきり気に入っていた銀座のイタリアンレストランに行ってみよう。すぐ出られるかな？」

にこやかに誘われ、幸喜はつい、「はい」と頷《うなず》いたのだが、『銀座』という場所を聞き、自分の服装を見下ろした。

「すみません、こんな格好でもいいでしょうか」

洗い晒しのシャツにジーンズ。銀座に行くような服装ではないのでは、と案じていた幸喜にテオは、

「カジュアルな雰囲気の店だから大丈夫だよ」

と言ってくれ、それなら、と幸喜は立ち上がったのだが、『カジュアル』の概念が違うということには、このときはまだ気づいていなかった。

移動がタクシーということにまず驚き、四丁目交差点の手前の細い路地を入った所のビル

の二階にあるイタリアンレストランが、見るからに高級そうであることに更に驚く。

「予約はしていないんだけど」

テオが店に入りそう言うと、すぐに店長らしき人が飛んできて、

「ご用意いたしますので今少しお待ちくださいませ」

と申し訳なさそうに告げたことにも驚き、すぐに個室に通されたことにもまた、幸喜は驚いてしまっていた。

「コースもあるが、アラカルトで頼もうと思っている。いいかな？」

メニューを見ながらテオが問いかけてくるのに、幸喜も一応メニューを開いてみたが、素材が何か、くらいしかわからなかったため、

「お任せします」

とそっとメニューを閉じ、テオに丸投げすることにした。

それにしても、と幸喜は、テオがオーダーをしている間、個室内をこっそりと見回し、溜め息を漏らしそうになった。

こんな立派なレストランに桃香が来ていたとは。自分との食事はもっぱら、大学の近所の安いレストランで、ファストフードやファミレスにもよく行った。

美味《おい》しそうに食べていたが、内心彼女はどう思っていたのだろう。楽しげに笑っていた、あれはすべて演技だったのかと思うと虚《むな》しさを覚える。

「どうしたの？」

気づけば一人の世界に入ってしまっていたらしく、テオに声をかけられ幸喜ははっと我に返った。

「すみません。なんでもありません」

卑屈なことしか言えそうになく、誤魔化した幸喜にテオは、少し気にしているような素振りとなったが、問いを重ねてくることはなかった。

「個室では彼女が来たかどうかわからないと思い、店長に頼んでおいたよ。僕と数回来た女性が入店したら教えてほしいと。とは言え今夜の予約は常連ばかりだそうだから、現れる確率は低いけどね」

「そう……ですか」

だとすると単に食事をしに来ただけという結果となる。料理の値段は、幸喜的には『カジュアル』と言えるような金額ではなかった。

「あ！」

メニューの値段を思い起こしていた幸喜は、もっと早くに気づかねばならなかったことに思い当たった。

「すみません！　僕、とてもここの料金、払えません」

「え？」

それを聞き、テオがぽかんとした顔になる。

「バイト料が入るのが月末なんですが、それまで待ってもらっていいですか？」

「何を言っているんだ、君は」

テオは苦笑すると、テーブル越しに少し身を乗り出し、小声でこう告げた。

「ここは僕が持つよ。その代わり、君が僕を連れて行ってくれた時には君が出してくれ。桃香の分は君が出していたんだろう？」

「あ、いえ……ほぼ、割り勘でした」

「なんと」

それを聞き、テオが目を見開いた。

「桃香は余程君が好きだったんだな。割り勘とは。僕と一緒のときには財布を出すどころか、バッグに手をかけることもなかったよ」

「そう……だったんですか」

意外だ、と今度は幸喜が目を見開くと、テオは寂しそうな顔になり、ぽつ、とこう呟いた。

「君には本気だったのかもしれないね」

「いえ。僕も騙されていますから」

自分としては三十万という大金を騙し取られている。それを言うとテオは、

「ああ、そうだった」

とまた苦笑した。

「頭がよかったんだろうね。相手に応じて取れる金額を見定めていたんだろう」

「そう……ですね……」

割り勘を申し出たのは彼女からだった、と、幸喜は彼女と二人で食事をした時のことを思い出していた。

『ウチ、自分の分は出すよ。奢《おご》ってもらいたくて一緒にいるわけじゃないから』

明るく笑っていた桃香。彼女と過ごす時間は楽しかった。

恋愛感情があったかとなると、正直よくわからない。『ウチらの仲じゃん』と言われたときにはどういう仲だと思っているのだろうと確かめようとしたが、結局そのままになってしまった。少なくとも友達だとは思っていた彼女がまさか詐欺師で、三十万円を騙し取るために近づいて来たとは想像だにしなかった。

堪《こら》えていた溜め息が幸喜の口から漏れる。と、そこにテオにはスパークリングワインが、幸喜にはノンアルコールのカクテルが運ばれてきた。

「腐っていても仕方ない。今日は食事を楽しもう。君にも満足してもらえると思うよ。ここの料理は本当に美味しいんだ」

「あ……ありがとうございます」

これは多分テオが自分を元気づけてくれているのだろう。暗い顔をしたつもりはなかったが、落ち込みを見抜いてくれたらしい。

テオに気を遣わせたことを幸喜は心から申し訳なく思った。金額でいえば彼の被害額は自分の百倍以上だ。一億二千万のマンションがその筆頭だが、たった三十万を奪われた自分に対し、優しすぎるだろう。

「すみません。本当に……」

それで謝罪をすると、テオが不思議そうに問いかけてきた。

「どうして謝る？　まさか食べる前から美味しくないと言うつもりなのかい？」

「ち、違います。ただ、僕なんかに気を遣っていただいたことが申し訳ないなと……」

「ねえ、コーキ君」

不意にテオが真面目な顔になり、幸喜の目を見つめてくる。

「は、はい……？」

なんだ、と身を固くした幸喜は、続くテオの言葉を聞き、何も言えなくなってしまった。

「年長者からの忠告だが、自分のことを『僕なんか』とは言うべきじゃない。自己卑下をしていいことなど何もない。自分の一番の味方は自分だ。誰に対しても、そう、特に自分に対しては堂々としているべきなんだ」

「……はい」

テオの言葉は幸喜の胸に実に染みた。両親を亡くしたあと、頼るべき大人がいなかったこともあって、幸喜は常に、これでいいのだろうかという不安を胸に生きてきた。

何が正解かはわからない。ただ生きていくしかない。間違えないように。人と違うことをしないように。

指標となるものは何もなかった。ただ、生きていくためには何をしたらいいのかと模索する日々だった。

自分の一番の味方は自分。その言葉に救われる思いがしていた幸喜は、自分でも気づかぬうちに微笑んでいたらしい。

「そう。食事のときは笑っていよう。それが料理人への礼儀でもあるしね」

テオもまた、微笑んでいる。楽しいな、と今、幸喜は心から思うことができていた。

「さあ、乾杯しよう。君が気に入るに違いない今夜の素晴らしいディナーに」

「はい」

乾杯、とグラスを合わせ微笑み合う。煌《きら》めく青い瞳に、唇の間から覗く白い歯に、幸喜の目は釘付《くぎづ》けになってしまった。

美しい。しかも人格的にも素晴らしい。こんないい人を騙すなんて、桃香は何を考えていたのか。

一緒に暮らせばよかったのに。共に人生を歩んでいけば幸せになれただろうに。実にもったいない。

もったいない、というのはちょっと違うか。幸喜が失笑してしまったときにアペリティフが運ばれてきた。

「さあ、召しあがれ」

ナイフとフォークを手に取りながら、テオが微笑みかけてくる。魅惑的な笑みには目を奪われずにいられない、とまたも見惚《みと》れそうになっていた幸喜は、彼に倣《なら》いカトラリーを手に取ると、テオの予告どおりの美味な料理に気持ちを奪われていったのだった。


「満足できたかな?」

店を出てから、テオが幸喜に問いかけてきた。

「もちろんです。本当に美味しかった!」

幸喜は今までの人生で、ここまで美味しい料理を食べたことがなかった。見た目も美しければ味も美味しい。桃香がとびきり気に入っていたのもわかる、と幸喜は心から納得していた。

支払いはテオがテーブルでカードを用いて済ませたので、いくらだったのかはわからない。きっと自分のひと月分の食費を軽く超えていたに違いないと推測できるだけに背筋が凍る思いがしたが、まずは礼だ、と幸喜はテオに頭を下げた。

「ありがとうございました。そしてすみません、ご馳走《ちそう》になってしまって」

「いいんだよ。桃香を探すためなんだから」

テオは笑ってそう言うと、ぽつ、と言葉を足した。

「顔を見せないということだったから、ここは外れだったんだろうな」

「まだわからないと思います。ほとぼりが冷めた頃に来るんじゃないでしょうか。だって本当に美味しかったから……っ」

落ち込んでいる様子のテオを慰めたいという気持ちはあったが、今、幸喜が口にした言葉は彼の本心でもあった。

「そう……？」

それが伝わったのか、テオは少し嬉しそうな顔になると、

「帰ろうか」

と誘ってきた。

「タクシーでもいいけど、歩いて帰ろう。ちょうど酔い覚ましになる」

「はい」

勝どきと銀座、たしかに歩けない距離ではない。肩を並べて歩き出した幸喜にテオが話しかけてくる。

「桃香の好物はなんだった？　僕にはトマトと言っていた」

「トマトが好きだとは言ってました。食べていたのはハンバーガーでしたが……」

美味しそうにハンバーガーを食べていた桃香の顔を思い起こしていた幸喜は、他に思い出したことがあった、とそれを口にした。

「フルーツトマトが特に好きと言ってました。僕はフルーツトマトを食べたことがなかったので、そう言ったら、今度一緒に食べようと……」

「では今度はフルーツトマトを食べに行こう。僕は高知産が好きなので高知の朝市をお勧めしたいね」

「高知！」

金銭的余裕がない幸喜は、四国にはまだ行ったことがなかった。テオにとっては容易《たやす》く行かれる距離なのだろうと、改めて自分との格差を幸喜は思い知らされていた。

「桃香も朝市に行ったんですね……」

自分は桃香をどこに連れていったことがあっただろう。そもそも自分から彼女を誘ったことがあっただろうか。

時々、誘われて映画に行ったくらいだった。そんな自分に彼女との『思い出の場所』はあるだろうか。呟きながら幸喜はそんなことを考えていたのだが、

「え？」

とテオが戸惑った声を出したことに違和感を覚え、彼を見た。

「ああ、ごめん。うん、朝市にも行ったよ。桃香はそこでフルーツトマトの美味しさに目覚めたみたいだ」

テオもまた他のことを考えていたらしい。目が合ったことでどうやら我に返ったらしく、笑顔でそう答えてくれた。

「そうだったんですね」

今日のレストランもテオと桃香の『思い出の場所』だ。にこやかに食事をしていたが、内心、穏やかではなかったのかもしれない。

今、彼は桃香に対してどんな感情を抱《いだ》いているのだろう。憎悪か、未練か。今更の疑問が頭を掠《かす》めたが、とても聞く勇気はなく、その後は話も弾まないまま、幸喜はテオと共にマンションへと戻ったのだった。

3

こうして始まったテオとの奇妙な『共同生活』は、幸喜にとっては戸惑うことばかりとなった。

二人で銀座のとても『カジュアル』とはいえないイタリアンを食べた日の翌朝、朝七時にテオがリビングダイニングへとやってきた。

「早いんですね」

既に目が覚めていた幸喜が起き上がり、声をかけると、テオが申し訳なさそうに謝ってくる。

「悪い、起こしたか」

「いえ、起きてました」

リビングのカーテンは遮光ではないため、早くから目が覚めていたのだが、それを言うのは控え、テオの謝罪を退けると幸喜は、

「朝食は？　どうしますか？」

と問いかけた。

引っ越し翌日は疲れ果てていたこともあって、目が覚めたときには既にテオは出勤したあとだった。こんな時間に出ていたとは、と驚いていた幸喜にテオは、

「いつも会社近くのカフェでとるから気にしないでくれ。君は自由にしてくれていいから」

そう言うと、ダイニングの椅子に置いてあった鞄《かばん》を手に、玄関へと向かっていく。なんとなくその場の流れで幸喜は彼を見送ることにした。

「いってらっしゃい」

靴を履く彼の背に声をかけると、テオは肩越しに振り返り、

「いってきます」

と微笑んでからドアを出ていった。

「…………」

少々複雑そうな表情をしていたテオの心理を考え、すぐ、見送りするのは本来なら桃香だったのに、と想像したのかもしれないとの答えを見つける。

見送らなかったほうがよかっただろうか。しかし住まわせてもらっているのだから、最低限の礼儀は尽くしたほうがいいような気がする。

何か向こうから言われるまで、見送りは続けることにしようと幸喜は心を決めたあとに、目が覚めてしまったから、朝食でも作るか、とキッチンへと向かった。

「……何もない……」

冷蔵庫に飲み物はそれこそ売るほど入っていたが、食べ物は何もなかった。調味料の類《たぐい》も塩《しお》胡椒《こしょう》くらいしかないことに驚いていた幸喜だったが、もしやテオはまったく料理をしないのかと察した。

何もなければ作りようもない。幸い、調味料などは引っ越す前のアパートから持ってきており、まだダンボールに入ったままになっていた。

マンションは地下鉄駅直結なのだが、地下一階には二十四時間営業のスーパーが入っていたと思い出し、着替えをすませると幸喜はすぐにスーパーへと向かった。

自分がいつも買っている値段より少し高めであることを気にしながら、パンと卵、それにハムやら野菜やらを買い込み、部屋へと戻る。

朝食はトーストとスクランブルエッグ、それにサラダにし、片付けまですませて家を出た。

今までは徒歩圏内だったが地下鉄に乗らねばならなくなったので、早く起きるのは自分にとっても都合がよかったと思いながら大学に向かった幸喜は、授業の合間、片っ端から同級生たちに、桃香のことを知らないかと聞いて回ったが、誰一人として学部やクラスを知っている者はいなかった。

「お前の彼女だろう?」

と、逆に皆に驚かれ、学生課で聞いてみてはというアドバイスを受けた幸喜は、その足で学生課に向かったのだが、『加納桃香』という学生はいないという回答を得て途方に暮れてしまった。

W大は生徒数が多いことでも有名であり、違う学年、違う学部だとまったく知らないまま卒業を迎えるというのはザラではあるのだが、偽学生だったとは驚きだった、とショックを引き摺った状態で幸喜は午後の授業を受け、授業のあとにはバイトへと向かった。

「どうしたの。まだ顔色悪いけど」

目ざとく気づいた松井店長が、幸喜に問いかけてくる。

「………いえ………」

詐欺に遭ったことは口外しないようにと、テオからは固く口止めされていた。確かに松井に相談すれば、即、警察に行けと言われるだろうとわかるだけに打ち明けられない、と幸喜はなんとか誤魔化すことにした。

「やっぱり、電車通学は大変だなと思って」

「そりゃそうだよ。今まで徒歩だったんだから」

当たり前じゃないか、と呆《あき》れてみせたあと、相変わらず勘違いしているらしい松井がにやりと笑い揶揄《やゆ》してきた。

「でもラブラブなんでしょ？　正直、君みたいな真面目な子が彼女と住むというのはちょっと意外だったんだけど、それだけ好きってことなんだろうね」

「……あ……まあ……」

早くこの話を終わらせたい。幸喜の願いも虚しく、ちょうど客がいなかったこともあって、松井の追及は続いた。

「バイト、平日遅い時間のままで大丈夫？　といってもシフトの変更となると他の子との摺り合わせになるけど」

「だ、大丈夫です。平日は」

平日はテオも仕事があるので、桃香探しには行かれないということだった。彼の帰宅は毎日八時頃、幸喜は十時過ぎになるため、桃香探しは土日で行おうということで昨日話がついたのだった。

「そのかわり、当分、土日のシフトには入れないと思うんですが……」

そうしたわけで、今までのように急にシフト変更を頼まれても引き受けられない。それは一応、知らせておこうと伝えると、

「そんな野暮はしないから安心していいよ」

とまた揶揄されてしまい、やれやれ、と幸喜は心の中で溜め息をついた。

その日もいつものように午後九時の閉店後、後片付けをしてから店を出たのだが、帰宅はやはり十時過ぎとなってしまった。

鍵を開け、中に入ると玄関にはテオの靴があり、帰宅しているのか、と思いながら廊下を抜けリビングダイニングへと向かった。

「………」

電気がついていない、ということは、寝室か書斎にいるのだろう。明かりをつけ、室内に足を踏み入れた幸喜の目に、ダイニングテーブルの上、くしゃ、とした形で置かれた銀色の物体が飛び込んでくる。

「これは……」

ウイダーインゼリーだ、と手に取ったとき、ドアが開きテオが顔を出した。

「帰ったのか」

「すみません、遅くなりました」

なんとなく謝った幸喜に、テオが意外そうな顔になる。

「もともと帰宅は二十二時と聞いていたよね？」

「そうでした。すみません」

またも謝ってしまった幸喜に、テオは苦笑したあと、幸喜が手にしているものに気づいたらしく、バツの悪そうな顔になった。

「悪い。捨てるのを忘れた」

「あ、いえ。捨てておきます……けど……」

まさかこれが夕食というわけじゃないよな？　と問おうとしたのがわかったのか、テオがさも当然のことのような口調で答える。

「家での食事はたいがいそれだ。あとはサプリを飲んでおけば健康上、問題はない」

「えっ。それは……」

充分問題があるのでは。そう思いはしたが、年長者、かつ社会的地位も格段に上のテオに意見などできようはずもなく、幸喜は言葉を呑み込んだ。

「勿論、ちゃんと食事をとったほうがいいとはわかっているよ。ただ、料理にまったく興味が持てなくてね」

言いたいことを察したらしく、テオは肩を竦《すく》めてみせたあと、ぼそ、と言葉を足した。

「桃香が料理は任せてと言ってくれていたのを楽しみにしていたんだが……」

「………」

それを聞いては幸喜はもう、何も言えなくなった。

「少し飲もうかと思うんだが……ああ、君は未成年だったか」

残念そうな顔でテオはそう言うと、キッチンへと向かっていった。

「あの」

冷蔵庫は空っぽだった。ということは飲むときも何も食べないのか、と問おうとした幸喜の目に、キッチンから缶ビールを手に戻ってくるテオの姿が映る。

「勿論君は自由にしてくれていいよ。キッチンも好きに使ってくれ」

それじゃあ、と部屋に戻ろうとするテオの後ろ姿が、なんとなく寂しげに見える。そう感じた瞬間、幸喜は思わず彼を呼び止めていた。

「あの、テオさん」

「ん？」

テオが足を止め、幸喜を振り返る。なぜそんなことを言ってしまったのか、あとから幸喜は首を傾げることになるのだが、気づいたときには口が開いていた。

「よかったら僕が食事を作りましょうか。せめて朝食くらいは」

「え？」

テオは相当驚いたらしく、缶ビールを取り落としそうになった。

「あっ」

「いや、大丈夫」

缶を握り直したテオは、信じられないといった顔で幸喜に確認を取ってきた。

「作ってくれるの？　君が？」

「あ、作るといっても僕もそんなに料理は得意じゃないので、本当に簡単なものしかできないです。トースト焼いたり野菜ちぎったりとかしか」

それを『料理』と言っていいのか。説明しながら幸喜は心の中で突っ込みを入れていた。

「充分だ。それすら面倒でできなかった。とはいえ、明日は準備できないだろうからパスでいいよ」

「できます。下のスーパー、二十四時間営業なので」

買ってきます、と告げた幸喜に、テオが申し訳なさそうな顔になる。

「君も帰宅したばかりで疲れているだろう。無理しなくていいよ」

「大丈夫です。ちょっと買ってきます」

何せエレベーターに乗るだけなのだ。疲れていようがいまいがすぐ行ける、と向かおうとした幸喜にテオが、

「ちょっと待って」

と声をかける。

「え？」

「食費は僕持ちにしてくれていい」

「えっ。別にいいですよ。朝食は僕も食べるので……」

家賃も払っていないのに、食費までもってもらうなど、申し訳なさすぎる、と断ろうとした幸喜の前に、一万円札が差し出される。

「労働の対価と思ってくれればいい。『対価』ならもっと支払わなければならないところだが」

「とんでもない。本当に料理なんていえない程度のものしか作れませんので……」

幸喜はなんとか断ろうとしたが、結局一万円を受け取る羽目になってしまった。

「朝食はできれば七時にとりたい。早朝で申し訳ないけれど」

「わかりました」

返事をし、幸喜は一万円を手にスーパーへと向かった。七時に朝食を用意するためには六時半から準備にかかれば大丈夫だろう。となると起床は六時になるが、今朝目覚めたのも六時なので明日も起きられるはずだ。

勿論、目覚ましはかけることにしよう。それより朝食。一体何を用意すればいいのか。トーストに卵、それにサラダ、でいいのか？　あとはインスタントスープとか。なんだかしょぼくないか？

自分はともかく、テオが食べることを思うと、もう少しまともな料理を作るべきでは、と思えてきてしまう。

とはいえ、そのスキルがないんだよな、と我知らぬうちに溜め息を漏らしていた幸喜は、なぜこうも自分は張り切っているのだろうと自身の心理と行動に首を傾げた。

やはりウイダーインゼリーの衝撃が大きかったからだろうか。答えを見つけることはできなかったが、まずは明日の朝食をなんとかせねば、とポケットから取り出したスマートフォンで『朝食』『簡単』などの単語で検索する。

シラスチーズトーストとか、簡単な上に美味しそうだとなんとか活路を見出《みいだ》すと、材料を揃えるべくスーパーを目指したのだった。

翌朝、緊張していたからか、六時どころか五時半には目覚めてしまっていた幸喜は、音を立てないように気を配りながらキッチンに立ち、朝食を作り始めた。

シラスチーズトーストは七時ちょうどに仕上がるように焼けばいい上、パンにシラスとチーズ、それに青海苔を載せるだけ、という簡単さなので後回しにし、サラダを作り始める。

昨日、スーパーから戻ったあとに改めてキッチンにある家電を見たところ、あまりの充実ぶりに幸喜は舌を巻いた。

スロージューサーだの製麺機だの、見たことのない家電がたくさんある。コーヒーメーカーも豆から挽《ひ》けるもので、コーヒー豆はあったので挽き立てのコーヒーをサーブするべく、七時に仕上がるようタイマーをかけて準備した。

「おはよう」

七時ちょうどに、洗顔や着替えをすませた状態でテオがダイニングにやってくる。

「おはようございます」

シラスチーズトーストにサラダ、スロージューサーで作ったりんごジュース、そしてインスタントのスープに淹れ立てのコーヒー。果たしてテオは満足してくれるのか。

盛り付けも今一つだし、と自信喪失していた幸喜だったが、テオはそれらが並ぶテーブル

を見て実に嬉しそうな顔となった。

「やあ、嬉しいな。こんなまともな朝食、久し振りだよ」

世辞に違いない。そう思いはしたものの、あからさまにがっかりされなかったことに幸喜は心の底から安堵していた。

「ありがとうございます」

「礼を言うのはこっちだ。さあ、食べようか」

テオは本当に嬉しそうに見え、幸喜もまた嬉しくなってきてしまった。

「初めて食べた。シラスとチーズに青のりか。これはいいね」

「トースターがいいんだと思います。外はカリッと中はしっとり仕上がってますね」

食事をネタに会話も弾み、あっという間に時は流れた。

「ああ、しまった。もう出なければ」

コーヒーを飲みながら談笑していたテオが、はっとした顔になり腕時計を見やる。

「あ、すみません」

「君のせいじゃない。それに始業時間には随分と間があるんだ。遅刻するわけじゃないから気にしなくていいよ」

楽しかったしね、と笑ってテオが立ち上がる。

「それじゃあ、いってきます。楽しい時間だった。君が負担じゃなかったら明日からもお願いしたいな」

今日もまた玄関先まで見送った幸喜にテオはそんな言葉を残すと、上機嫌といった顔で出かけていった。

こうも喜んでもらえるとやる気も出てくる。ホットサンドメーカーがあったので明日はホットサンドにしようか。そうだ、松井店長に朝食の簡単なメニューを聞いてみよう。

心弾む思いで幸喜はダイニングに引き返すと後片付けを始めたのだった。

大学の授業を終え、バイト先のカフェに向かうと幸喜は、早速松井に簡単な朝食のメニューの作り方を聞いてみた。

「彼女のために作ってあげたいって？　愛してるんだねぇ」

ヒューヒュー、とわざとレトロにはやしてみせたあと、松井は親切にも自分の店で出している料理のレシピを丁寧に紙に書いてくれた。

「料理初心者でもできそうなやつだよ。ああ、そうだ。まかない作るとき、キッチンで見ていくといいよ」

「ありがとうございます！」

いつも店が閉まったあと、幸喜が店内の掃除をしている間に松井がまかないを作ってくれ、それを食べてから帰るというのが日常となっていた。

「そうだ、今日は二人前作ってあげる。持って帰って一緒に食べるというのはどう？」

「そんな。悪いですよ」

それでは『まかない』ではなくなってしまう。幸喜は遠慮したのだが、

「一人分も二人分も同じだから」

と松井に言われては、固辞するほうが申し訳なく感じてしまい、厚意を受けることにした。

「すみません。本当に」

「いやいや。夕食を共にとれない時間まで拘束しているのは僕だしね」

シフトはかえないでもらえるとありがたい、という松井の言葉に、この親切はそれゆえか、と幸喜は察し、そういうことなら、と随分と気が楽になった。

「シフトはこのままで大丈夫です」

「それはよかった。とはいえ無理はしなくていいからね。僕のせいで破局とかになったら責任感じてしまうし」

「大丈夫です」

既に破局済み――というか、彼女は詐欺師で三十万を騙し取られたあとなので。心の中で呟いた幸喜の脳裏に、桃香の顔が浮かぶ。

『私もここで夕食食べて帰る』

週に二日はこの店に一人で来てくれていた。働いている自分に気を遣ってか、話しかけてくることはなかったが、密《ひそ》かに目線を合わせてくる彼女を可愛いと思った――のは確かだっ

た。

付き合っている、という自覚はあまりなかった。友達と思ってはいた。向こうは『カモ』としか考えていなかったわけだが、それを思い知らされた今となっても、憎いとか恨むとか、そうした感情はあまり湧《わ》いてこないのが我ながら不思議だ、と、幸喜は一人首を傾げた。

昔から自分にはこうしたところがある。達観というと聞こえがいいが、単にすべてに諦めがよすぎるのだ。

確かに三十万は簡単に稼げる金額ではない。なぜ自分が目をつけられたのかとは思うが、すぐ諦めそうだったからかもしれない、と即座に答えを見つけてしまった。

ただでさえ諦めがいいところにもってきて、すぐ近くに一億もの損害を被った相手がいることがまた、諦めを促進していた。

テオに比べれば自分の被害など、と、どうしても考えてしまう。資産が違うので金額面はともかく、テオは自力で桃香の行方を探そうとしている。

警察に届けることはできない、だから自分でなんとしてでも探す。あの情熱を目《ま》の当たりにしたら何も言えなくなった。

自分だったら警察に届けて終わりにしていた。お金はもう、戻ってこないと諦めている。桃香と再び顔を合わせることになったとしても、恨み言以外の言葉を言うことはないだろう。

しかしテオは？　テオはどうなのだろう。世間体から警察には行かないということだったが、もしやそれ以外に警察に届け出ない理由があるのではないか。

「…………」

なるほど。そういうことか。

テオは未だ桃香のことを愛しているのではないか。だからこそ、彼女を警察に逮捕させることを避けたのでは。

考えてみれば、テオは桃香と結婚するつもりでいたのだ。自分のような『付き合っている自覚はなかった』という関係性とは違う。

詐欺に遭ったと認めながらも、彼女への思いをまだ引き摺っているのでは。お金を取り返したいというよりも、もう一度彼女に会いたいと、そう願っているがゆえの行動なのではないか。

それならそうと言ってくれれば、と、思わず溜め息を漏らしてしまった幸喜に、松井が驚いたように問いかけてくる。

「どうしたの、清瀬君。そんなにお腹空《なかす》いてる?」

「あ、すみません。違うんです」

慌てて言い返した幸喜の前に、紙袋が差し出される。

「はい。まかない二人分。彼女にも謝っておいてね。遅くまでこき使っちゃってごめんって」

「こき使われてないです。かえってすみません。ありがとうございます」

礼を言い、紙袋を受け取る。

「さっきも言ったけど、一人分も二人分も同じだから。それじゃあ、無理しないでね」

松井に笑顔で送り出される幸喜の胸には深い罪悪感があった。松井の勘違いをそのまま受け入れているだけとはいえ、彼に嘘をついていることにかわりはない。唯一の救いは『二人分』が嘘ではないことだ、と、紙袋の中を見ながら幸喜はまたつい溜め息を漏らしてしまった。

少し混雑した地下鉄に揺られ、マンションを目指す。夕食は松井に持たせてもらったが、明日の朝食はどうしよう。松井が書いてくれたレシピのメモを思い出しているうちに勝どき駅に到着し、地下のスーパーで野菜とハムを購入してから幸喜は部屋に向かった。

靴があったので既にテオは帰宅していることがわかった。リビングダイニングにはいなかったので、と、鞄や紙袋を置いてから書斎に向かう。

ノックをするとすぐ、ドアが開いた。

「おかえり。どうしたの？」

テオはブルーライトカットの黒縁眼鏡を装着しており、眼鏡姿もイケメンだと、つい見惚れそうになりながらも幸喜は、

「夕食、すまされましたか？」

と問いかけた。

「まあとったというか……」

口ごもったところを見ると、また栄養ゼリーですませたのかもしれない。それなら、と幸喜は誘ってみることにした。

「アルバイト先でいつもまかないをご馳走してもらっているんですが、今夜は店長が二人分、持たせてくれたんです。一緒に食べませんか？」

「二人分？　またどうして」

不思議そうな顔になったテオだが、すぐ、

「お相伴にあずかりながら、話を聞こうか」

と部屋を出てきた。

先に帰ったから、とテオは自分にはビールを、幸喜にはコーヒーを淹れてくれ、二人は朝食のときと同じくダイニングテーブルで向かい合い、松井の持たせてくれたベーグルサンドとポテトサラダを食べ始めた。

「なるほど。店長は君が桃香と同棲していると思い込んでいるんだね」

だから二人分なのか、と納得したあとテオは申し訳なさそうな顔となり、幸喜に頭を下げて寄越した。

「悪いね。僕が口止めをしたばっかりに。色々、聞かれたりはしない？　困っているんじゃないか？」

「いえ、それほどは……」

店長から話を聞かれはしたが、根掘り葉掘り、というほどではない。時々揶揄されたり、にやにやされたりする程度なので、特に『困って』はいなかった。

それで幸喜は否定したのだが、どうもテオは幸喜が気を遣っていると思ったらしく、

「本当に大丈夫？」

と顔を覗き込んできた。

「……っ」

綺麗な青い瞳に見据えられ、ドキ、と鼓動が高鳴る。

「だ、大丈夫です。本当に」

なぜこうも動揺しているのかと自分で自分に首を傾げてしまいながらも幸喜は慌ててそう言うと、何か話をせねば、と頭に浮かんだことを咄嗟に口にした。

「桃香のことなんですが、何か手がかり、思いつかれましたか？」

「……いや……」

途端にテオの表情が曇り、視線がすっと逸《そ》れる。青い瞳の呪縛《じゅばく》から逃れることはできたが、なんとなく寂しい気持ちに陥ってしまっている自分にもまた首を傾げながら、幸喜自身も桃香の立ち寄りそうな場所を考え始めた。

彼女は神出鬼没で、よく幸喜を見つけてくれた。が、幸喜が桃香の姿をどこかで偶然見か

けた、といったことはなかったように思う。

学友たちの誰一人として、桃香について詳しいことを知っている人はいなかった。皆が皆、幸喜の彼女、もしくは友達という認識しかなく、会話をしたことすらないという友人ばかりだった。

思い返すに、桃香が現れるのは決まって幸喜が一人でいたときだったようだ。友人たちは遠目に幸喜が綺麗な女の子と歩いていたとか、カフェに座っていたところを見ただけだった。めざとい人間には偽W大生だと見抜かれると思ったからだろうか。騙すのはチョロいと見抜いたから自分を選んだのか。

しかし、と幸喜は目の前のテオを見た。社会的地位もある彼も騙すのがチョロいと思ったのか。一見、少しもチョロくはないのだが、と相手が目を伏せているのをいいことに綺麗なその顔をまじまじと見つめてしまっていた幸喜だったが、不意にテオが目線を上げてきたので、ばっちり目が合ってしまった。

「……っ」

「どうしたの？」

うわ、と思ったために勢いよく目を逸らせてしまった幸喜に、テオが不思議そうに問いかけてくる。

「い、いえ。なんでもないです。その、お仕事の邪魔して、すみません！」

なんなんだ、この動悸《どうき》は。なんなんだ、この頬の赤らみは。おかしく思われるじゃないか、と意識すればするだけ、鼓動は速まり、頬も真っ赤になっていく。

「いや、ちょうど息抜きをしたかったんだよ。それにやはりちゃんと食事をとるのはいいなと改めて感じた。一人だとサプリを飲んでいればいいかと思ってしまっていたけど、自分の生活習慣を考えさせられたよ」

テオが明るく笑う声が幸喜の耳に響く。気遣いだろうか、優しい言葉をかけてくれる彼を前に幸喜は改めて、なぜ桃香はテオを騙そうなどと思ったのだろうという疑問と、そして自分が騙されたときにはさほど感じなかった彼女に対する憤りを覚えていた。

4

翌日の朝食は、ハムととろけるチーズのホットサンドと、それに松井店長に教えてもらった簡単ミネストローネのスープにした。

「ホットサンドか。美味しいね」

テオが満足そうであることに安堵した幸喜は、作り方は店長に教えてもらったのだと松井がわざわざ書いてくれたレシピを彼に見せた。

「親切な店長だね」

「はい。面倒見がとてもいい人です」

「他のバイトの子にも親切なの？」

テオの問いの意図は今一つわからなかったが、松井は客にもバイトにも親切な男であることはわかっていたので、

「はい、多分」

と頷いた。

「『多分』って？」

てくる。

テオはよほどかっちりした性格なのか、幸喜の返事に満足できなかったらしく問いを重ねてくる。

「シフトは基本一人なので、他のバイトとはあまり顔を合わせることがないんです。でも店長はいい人なので誰に対してでも親切だと思います」

「そういうことか」

ようやく納得したのか、テオが笑顔となる。が、目が笑ってないような、と幸喜が注目しようとしたとき、テオがまた問いかけてきた。

「大学の近くのカフェだよね。店名は？」

「『C'est si bon』です」

「フランス語だね」

テオはそう言うと少し考える素振りとなった。

「あの？」

そろそろ七時半になるが、出かけなくていいのか、と心配になり、幸喜が声をかけると、

「ああ、そうだね。行かなければ」

とテオは笑顔となり、立ち上がった。

「それじゃあ、行ってきます」

今日もまた、幸喜はテオを玄関まで見送った。なんとなく習慣となっているなと思いなが

ら幸喜もまた「いってらっしゃい」とテオを送り出したあと、片付けをしにダイニングへと戻ったのだった。

その日も授業のあと、幸喜にはバイトが入っていた。

「店長、ありがとうございました」

二人分のまかないの礼を言い、容器を返すと、松井は、

「彼女が料理を作っていたりしなかった？」

と笑顔で問いかけてきた。

「二人で美味しくいただきました」

「よかった。実はさやかから余計なことをして、と呆れられたんだよね。桃香ちゃん、料理作って待ってるに違いないって」

「そ、それはないです。本当にありがたくいただきましたから……！」

嘘に嘘を重ねると、たまに『真実』になったりする。実際、『桃香』は料理は作っていなかったし、テオと『二人で』ありがたくいただいたので、嘘はつかずにすんでいる。とはいえ松井を騙していることにかわりはない、と罪悪感を覚えていた幸喜の耳に、店のドアが開く音が響いた。

「いらっしゃいま……」

反射的に振り返り、『いらっしゃいませ』と告げようとした幸喜は、目に飛び込んできた

客の姿に驚いたあまり『せ』を言う前に固まってしまった。

「席、どこでもいいですか？」

笑顔でそう問いかけてきた金髪碧眼はどう見てもテオで、一体どうして彼が、と戸惑うばかりの幸喜を、横にいた松井が軽く小突く。

「大丈夫、日本語だ。席に案内してもらえる？」

「は、はい」

松井は幸喜の動揺を、外国人が来たからだと思ったようだった。去年、日本語が喋れないフランス人が店名に親しみを覚えたのか来店したことがあり、まったく会話ができなかったところを見られていたためと思われる。

「お好きな席にどうぞ……？」

テオに近づき、来店の意図を聞こうとしたが、すっと目を逸らされては、先程の『席、どこでもいいですか？』の答えしか口にできなくなった。

「ありがとう」

ニッと笑うテオに対し、店内にいた客たちが、ちらちらと視線を送っているのがわかる。

あれだけのイケメン、しかも金髪碧眼、そして日本人より流暢な日本語を喋っているのだから注目されるのも当然だろう。しかし一体何をしに来たのか。他人行儀なのはなぜなのか。

首を傾げながらも幸喜は水のグラスを盆に載せ、テオが座った窓側のテーブルへと向かった。

「いらっしゃいませ」

水とメニューを差し出し、頭を下げる。テオと目を合わせようとしたが、彼がメニューから顔を上げなかったので諦め、一旦カウンターへと引き返した。

「すごい美形だね。一般人かな。実は有名な俳優かモデルだったりする？」

「い、いやあ……」

有名なビジネススクールの日本校の代表が『一般人』であるかはともかく、松井の言うように俳優やモデルではない。それで答えに迷っていると、

「え？　清瀬君、誰だかわかるの？」

とカウンター越しに松井が身を乗り出してきた。

「誰？　俳優？　モデル？」

テオに聞こえないようにという配慮なのだろう、やたらと顔を近づけてくる松井に対し、幸喜は答えようがなく、ああ、とか、うう、とかしか言えずにいたのだが、そのとき、

「すみません」

とテオがメニューから顔を上げ、声をかけてきたため、松井の追及から逃れることができた。

「お決まりですか？」

「コーヒー」

「あ、はい。かしこまりました」

相変わらずテオは、他人のふりをしているようだ、と幸喜は感じたあとに、『他人』には違いないかと自分の思考がおかしくなった。

「何にやにやしてるの？　イケメンオーラにやられた？」

待ち受けていた松井に揶揄され、「違いますよ」と苦笑する。

「あれは誰？」

「さあ」

「知ってるんじゃないの？　俳優じゃない？」

「わからないけど違うと思います」

「じゃあモデル？」

「ち、違うと思います。エリートっぽい感じです」

「あー、そんな感じだね。コーヒー、僕が持っていくよ」

「え、なんでです？」

思わず問いかけた幸喜だったが、松井の答えには脱力してしまった。

「滅多に見られないイケメンだから近くで見たいだけ」

「………………どうぞ」

ミーハーというかなんというか。呆れつつも頷いた幸喜は、確かにテオは松井を浮かれさせるほどのイケメンだよな、とちらと彼を振り返った。

「……っ」

と、それまで彼の視線が自分のほうへと向いていたことに気づき、はっとする。だが目が合うとまたすぐ、テオは目を逸らせてしまった。

「？」

酷《ひど》く不機嫌そうに見える。なんだろう、と首を傾げた幸喜の目の前で松井がテオにコーヒーをサーブする。と、テオの顔がますます不機嫌そうになったのが気になり、戻ってきた松井に問いかけた。

「どうでした？」

「いやー、なんか、話しかけるなオーラが凄かった。どうしたんだろうね？」

「……さあ……」

『さあ』としか言いようがなく、再び幸喜はテオを見た。が、テオは相変わらず不機嫌な顔でコーヒーを飲んでおり、一体何が彼の機嫌を損ねたのかと思っていると、やにわに席を立った。

「あ、ありがとうございました」

慌ててレジへと走り、会計する。会話のチャンスだと思ったのは幸喜だけのようで、テオは千円札を差し出し、お釣りとレシートを受け取ると無言で店を出てしまった。

「コーヒーが口に合わなかったのかなあ」

ちょっと落ち込む、と肩を落とす松井を、

「そんなことないと思いますよ」

とフォローしながらも幸喜は、何がテオの機嫌を損ねたのかと考えた。が、答えを見出すことができないまま、ちょうど女子大生の集団が来店したため、忙しさに追われることとなってしまった。


その日の夜も、松井は二人分のまかないを持たせてくれた。

「店長、元気出してください」

閉店時間になっても松井は、テオの不機嫌な応対を気にしている様子だった。いつになく落ち込んでみせる彼にそう声をかけてから幸喜は店をあとにしたのだが、帰宅したあともまだテオが不機嫌さを引き摺っていることまでは予想していなかった。

テオは今日も先に帰宅し、書斎に籠《こ》もっている様子だった。

「すみません、食事、もうとられました？」

昨日と同じく幸喜が書斎をノックし、中に向かって声をかけると、やがてドアが開き、むっとした表情を浮かべたテオがその顔を出した。

「なに」

「店長がまたまかないを持たせてくれたんです。よければ一緒にどうですか？」

「……ああ。ありがとう」

頷きはしたが、顔は強張《こわば》っているように見える。自分が何かをしてしまったのかが気になり、支度をすませて食卓で向かい合ったとき、勇気を出して聞いてみることにした。

「あの……今日、カフェで何かご不快なことがありましたか？」

「いや、別に」

答える声も表情もいつになくそっけない。やはり機嫌が悪そうだ、と幸喜は更に問うてみた。

「僕ですか？　店長ですか？　それともコーヒー？」

「……本当に機嫌が悪いわけじゃない。不機嫌に見えたのなら謝る」

「いや、そんな。謝るのはこっちかと思っただけなんです」

謝罪してもらうようなことではない、と慌てて言い返した幸喜に、テオは気持ちを切り換えた様子で話しかけてきた。

「ところであの店での君のサラリーは？」

「え？　時給のことですか？」

唐突な話題転換に戸惑いながら、幸喜は金額を答えた。

「倍出すのであの店を辞めてもらえないか？」

「……え？」

何を言われたのか。咄嗟に判断がつかず幸喜はその場で固まってしまった。

「できれば君には空いた時間をすべて使って桃香を探してもらいたいんだ。どうだろう？お願いできないかな」

「それはちょっと……無理です」

答えるのには勇気がいった。時給が倍。夢のような誘いだが、松井には非常に世話になっているだけに、飛びつくわけにはいかなかった。

平日の四日間を担当している自分が急に抜けたら、シフトが回らなくなる。それで断ったというのに、テオは酷く不機嫌になってしまった。

「なぜだ。倍では駄目というのなら三倍出してもいい」

「き、金額じゃないんです。店長には長いことお世話になっているので、不義理はできないというか。奥さんがお店に復帰するまでは、バイトは続けたいんです」

「……奥さん？」

と、ここでテオが戸惑った声を上げたものだから、何が気になったのかと幸喜は彼に問いかけた。

「なんですか？」

「店長は妻帯者なのか？」

「はい。そもそもあのカフェはご夫婦でやられていたんですが、双子が生まれたために奥さんが店に立てなくなって。それでバイトが必要になったんです」

「……そうか」

テオは今、毒気を抜かれたような顔をしていた。

「あの……店長が妻帯者ということが何か……？」

「なんでもないよ。いや、どうも君に親切すぎるように感じただけだ」

「親切です。僕にだけでなく皆に。特に奥さんと息子たちには」

幸喜がそう言うとテオは、

「いい人ということだね」

とようやく笑顔になった。

「三倍のサラリーなどと言って悪かった。気を悪くしたのなら申し訳ない」

「いえ、こちらこそ」

結局、テオがなぜ不機嫌だったかはわからなかったが、機嫌が直ったのならよしとしよう。

笑顔になった幸喜にテオが週末の提案をして寄越す。

「そうだ、今度の土曜日から一泊で、京都に行かないか？」

「え？　京都」

予想外の誘いに幸喜は戸惑いの声を上げてしまった。

「ああ。桃香が気に入っていたんだ。京都旅行。以前行ったときに、また来たいと彼女が言っていたのを思い出したんだ」

「京都ですか」

土日で京都。たった二日。遠いところに行くのに二日しか滞在しないなんて。勿体無《もったいな》いと思ってしまうのは貧乏性ということか。

「予定ある？」

「大丈夫です」

ここに住まわせてもらっているだけの働きはしたい。土日に予定が入ることは滅多にないが、間もなくゼミの合宿がある。そのときにはさすがに桃香の捜索に協力できない。前もって言っておいたほうがいいだろうか、と考え、幸喜は口を開いた。

「あの……その次の土日は、ゼミ合宿で軽井沢に行くので、桃香を探しには行けないのですが」

「わかった。君の学業を邪魔する気はない。都合がつかなければ付き合う必要はないからね」

「……ありがとうございます」

礼を言ったものの、テオの表情は少し気になり、幸喜は彼に思わず注目してしまった。

「なに？」

にこ、とテオが笑いかけてくる。

「……いえ……」

昨日までの彼とは、なんとなく違和感がある。どうしたんだろうと問おうとした幸喜に、テオのほうから声をかけてくる。

「京都は好き？」

「中学の修学旅行で行ったきりなので、好きも嫌いもないというか……」

修学旅行自体は楽しかった。しかし寺社仏閣を巡った記憶しかない。好き嫌いを語れる立場にないのだが、と首を傾げた幸喜に、テオがまた何か言いたげな顔になりつつ言葉を足す。

「それなら、好きにさせてみせる。僕も大好きなんだ。桜の頃と紅葉の頃には毎年訪れている。君もきっとハマるはずだ」

「……はあ……」

自分がハマろうがハマるまいが、あまり関係ないような。第一、ハマったとしても、学生の身ではハイシーズンの京都など、金額的に行かれるはずがなかった。

しかし口にするのは卑屈か、と幸喜は曖昧に笑って誤魔化すことにした。

「それじゃあ、仕事に戻るよ」

先程までの不機嫌さはどこへやら、テオはすっかり上機嫌となっていた。笑顔で立ち上がると、食器をキッチンへと下げようとまでする。

「僕がやりますので」

「ありがとう。いつも悪いね」

慌てて制した幸喜にテオは極上の笑みを向けると、それまで飲んでいた缶ビールを手に部屋へと戻っていった。

「………」

なんだったんだ、と首を傾げていた幸喜だが、すぐ、土日の京都の旅費は、とまず考えねばならないことに気づき、慌てて立ち上がった。

「テオさん」

部屋に入ろうとしていたテオの背に声をかける。

「なんだい？」

「あの、京都への旅費なんですが」

幸喜が最後まで言うより前に、テオが先回りをして答えを与える。

「気にしなくていい。桃香と一緒に行くときもすべて僕持ちだった。君と僕とは年齢も違えば収入も違う。そもそも京都は僕が付き合ってもらうのだから君はお金のことは気にしなくていい」

「でもそれじゃあんまり僕がその……焼け太りみたいで」

「え？　なんだい、その『焼け太り』というのは」

途端にテオが戸惑った顔になる。

「ええと……」

ちょっと意味が違ったかもしれないと思いつつ幸喜は、『焼け太り』の意味をテオに伝えることにした。

「火事のあと保険金などで前より裕福になるというような意味で、被害に遭ったときより逆にお金持ちになるというか、そんな感じです」

「別に君は裕福にはなっていないよね」

「なってますよ。住んでいるところがまず立派なマンションにかわったし」

「そのかわり、大学までは遠くなった」

「食費も出してもらえているし」

「君に作ってもらうのなら当然だ。労働の対価なんだから」

「この間のイタリアンレストランだって」

「桃香を探すのに付き合ってもらったんだ。僕が出すのが当然だろう？」

「京都だって……」

「京都も同じだよ」

何を言っても即座に言い返してくるテオを前に、幸喜のほうが弾を失った。

「そういうわけだから、お金のことは気にしないでくれ。それじゃ」

にこ、とテオが笑い、部屋へと入っていく。

「………」

気にしないでくれと言われても、と幸喜は暫《しばら》く立ち尽くしていたが、これ以上話を続けるのはテオの仕事の邪魔になるかと気づき、キッチンへと引き返した。

本当にいいのだろうか。皿を洗いながら幸喜は、やはり躊躇わずにはいられないでいた。

他に対価をもらえるような労働はあるだろうか。掃除や洗濯は既に幸喜が担当することで決まっていたが、掃除はロボット掃除機が留守中に床を掃除してくれるし、洗濯もそうたいした量ではない上、スーツやワイシャツはテオは自分でクリーニングに出していた。

その上京都か、と自然と溜め息を漏らしてしまっていた幸喜の脳裏に、桃香の顔が浮かぶ。

桃香と出かけるときにはすべて自分持ちだった、と先程テオは言っていた。自分の知っている桃香とキャラクターが違う気がして仕方がない。

やはり桃香は詐欺師だったのだなと改めて実感してしまっていた幸喜だが、同時に自分があまりショックを受けていないこともまた、再認識していた。

自分にとっての桃香は果たしてどういう存在だったのか。そのこともまた改めて考えていたはずの幸喜の脳裏にはそのとき桃香の姿ではなく、やたらと機嫌がよさげに見えたテオの輝くような笑顔が浮かんでいた。

京都への移動は新幹線だったがテオが予約していたのはグリーン車で、幸喜は生まれて始めて乗るグリーン車の中ですっかり恐縮してしまっていた。

「仕事するのにいいんだよ。各席に電源があるしね」

テオはそう言っていたが、仕事をする様子はなく、旅行バッグから京都の旅行ガイドを取り出すと、付箋をつけたページを開いて隣に座る幸喜に見せながらスケジュールを説明してくれた。

「桃香が行きたいと言った場所を中心に回ろうと思う。昼は鴨川の川床ランチ、一日一組限定のところだ。この間は予約が取れなかったから次に行こうということになった。あとは伏《ふし》見稲荷《みいなり》。ここも時間がなくて行けなかった。桃香は残念がっていたので、もし京都に行ったとしたらそこは押さえるんじゃないかと思う」

「……はあ……」

一日一組の予約。特別感が半端ない。さぞ高級なんだろうと思うと、ただただ申し訳なくなり、幸喜は思わず俯《うつむ》いてしまった。

「気が乗らないかな？」

テオが心配そうに顔を覗き込んでくる。

「いえ、そんなことはないです」

慌てて顔を上げた幸喜の目に、安堵したように微笑むテオの顔が映る。

「よかった。楽しい旅にしよう」

「はい……」

頷いたものの『楽しい旅』でいいんだろうか、と幸喜は首を傾げてしまったのだが、きっと『どうせなら』という意味だろうと脳内でテオの気持ちを補完した。

京都に到着するとまずはホテルに向かった。金閣寺の近くにある外資系のホテルで、幸喜はその立派さに圧倒された上で、こっそりスマホで検索した宿泊費には腰を抜かしそうなほど驚いた。

「この間は嵐山にある部屋ごとに専用露天風呂があるホテルを選んだんだが、次はここがいいと桃香に言われていたんだ」

テオはさらりとそう言っていたが、『専用露天風呂』という単語に幸喜はドキ、としてしまった。

部屋に個別についているということはやはり二人で一緒に入ったのだろうか。自分と桃香は手を繋いだことすらなかったため、テオと桃香の関係についてそういう方面にはあまり考えが及ばなかったのだが、考えてみれば——否、考えるまでもなく、二人は『婚約』していたのだ。ということはかなりの確率で身体の関係もあって当然だろう。

生々しい想像をしてしまったが、今更、という話である。高校生の付き合いではないんだから、と心の中で呟き、一人頬を染めていた幸喜は実は、その『高校生』のときにも女の子と付き合った経験がなかった。

間もなく二十歳になろうとしているのに童貞であることを、実は彼は少し気にしていた。が、無理に捨てようというところまでは考えていなかった。

桃香との仲もどういうものなのか判断がつかなかったのは、女性と付き合ったことがなかったことが影響していた。

そもそも、『好き』という気持ちが、幸喜にはまだよくわかっていない。桃香のことは可愛いと思ったし、性格がいいとも思った。一緒にいて楽しかったし、彼女の笑顔を見ると癒された。

『好き』ではあった。が、それが恋愛感情であるかはよくわからない。考えてみると今までの人生で、特別に異性を『好き』と感じたことはあっただろうか、と幸喜は己の過去を振り返った。

「コーキ君」

と、横からテオに呼ばれ、我に返る。

「あ、はい」

「チェックイン時間にはまだ間があるから、荷物を預けたらランチに向かおう。ガイドブックを持っていくから、君の行きたいところを教えてもらえる？」

「はい」

テオは朝から機嫌がいい。今、彼の頬は紅潮し、目はキラキラと輝いていた。京都が余程好きなのだろうか。桃香を探すという目的を忘れているかのようだと、つい見つめてしまっていた幸喜に上機嫌のまま、テオがにっこり笑いかけてくる。

「さあ、行こう」

手を差し伸べてきた彼の手を取るはずだったのは桃香だった。自分ではかわりにもならないだろうに。そう考えたときに幸喜の胸は、チク、と今まで体感したことのない痛みに疼《うず》いたのだが、その痛みがどこからくるものなのか、考えるより前にテオに導かれホテルを出ることとなったのだった。

川床のランチは吹き抜ける風が心地よく、料理はどれも美味しかった。一日一組限定という贅沢さに、最初幸喜は臆してしまっていたのだが、テオが京都の話題を次々提供してくれるのに聞き入っているうちに幸喜もまた心の底から楽しめるようになっていた。

食事のあとに向かった伏見稲荷では、まず敷地の広大さに驚いた。『千本鳥居』といいつつ、一万本以上あるというテオの解説と共に敷地を巡り、疲れたので入口近くの茶店に入って休む。

「意外に時間がかかったね。でも圧巻だった」

テオは相変わらず楽しそうで、彼の笑顔に幸喜もまた気持ちが浮き立つ思いがした。

「夜はどうする？　祇園にでも行ってみる？　桃香はお座敷遊びがしたいと言っていたから」

「いや、それは……」

いかに高額であるか、想像がついたので幸喜は遠慮したのだが、

「それならどこに行こう？」

と聞かれ、行きたい場所も特になかったので答えに詰まった。

「明日は君に行き先を決めてもらいたいな。桃香が行きそうな場所、何か思いつかない？」

「そうですね……」

ようやくこの京都行きで、自分が役立てる話題となった、と、幸喜は桃香との会話を一生懸命思い起こした。

京都に来る前にも勿論思い出そうと試みていたのだが、京都が話題になったことはなかったために、何一つ思いつかなかったのだった。

旅行に行こうというような話をしたことはあっただろうか。テオに渡されたガイドブックを捲《めく》りながら幸喜は、桃香と交わした会話を可能なかぎり思い出そうとしていたのだが、太《うず》秦《まさ》映画村のページを見た途端、ようやくあることを思い出した。

「あ」

「どうした？」

テオが身を乗り出してくる。

「時代劇が好きだと言ってました。特に新撰組が好きだって」

「時代劇か。その話題は僕のときはしていなかったな」

なるほど、と頷いたテオが、幸喜が開いていたガイドブックを見やる。

「そうしたら明日は太秦映画村に行ってみよう。僕も行ったことがないんだ。君はある？」

「ありません。テレビで見たことはあります。時代劇の撮影をしたり、あとは自分でも扮装《ふんそう》できたり……」

「自分で扮装って、キモノを着たり、カタナを差したりできるってことかい？　それは面白そうだ」

テオの声が弾む。

「………」

桃香がいそうかどうかというのが重要ではないのか。声には出さなかったが、視線で察したのか、すぐにテオはバツの悪そうな顔になり肩を竦《すく》めた。

「恥ずかしいな。つい童心にかえって浮かれてしまった」

「いえ、そんな」

恥ずかしいことはないと思う、とフォローしようとした幸喜にテオが話しかけてくる。

「君も時代劇は好き？」

「結構好きです。時代小説も」

「時代小説か。読んだことないな。喋るほうは不自由ないんだが、読むほうはまだちょっと覚束《おぼつか》ないところがある。漢字が特にね」

「そうなんですか」

こうも流暢に話すのに、と、意外だったこともあり、幸喜はつい高い声を上げてしまった。

「ああ。日本に来ることが決まってから日本語は学び始めたんだ。幸い、耳がいいのでヒアリングも喋るほうも不自由なくできるようになったんだが、書くのと読むのはまだちょっと苦手で……ああ、そうだ。いい考えがある」

ここでテオがいきなり明るい声を出し、幸喜に向かって身を乗り出してきた。

「君、お金のことを気にしていたね。僕に日本語を教えてくれないかな？　特に漢字を」

「ええっ？」

驚きの提案に、幸喜はまたも大きな声を上げ、周囲の注目を集めたことに気づいて慌てて首を竦めた。

「それがいい。勿論、空いた時間でいいよ。それこそ朝食のときとか、土日、こうして出かけているときとか」

「で、でも僕は日本語を教えたことがないですし……」

プロに頼んだほうがいいと思う、と幸喜が言うより前に、テオが言葉を繋ぐ。

「教材も特に用意しなくていい。本を一緒に読もう。君が好きな時代小説を。今日日《きょうび》、書くほうはパソコンで入力すれば、勝手に変換してくれるからね。読むほうを特に身につけたい。東京に戻ったらさっそく、一緒に本を読もうじゃないか」

「……そ……それでいいなら……」

そこまで言われてしまっては『できない』とはとても言えなくなった。頷いた幸喜の前でテオの顔がパッと輝く。

「ありがとう。よろしく頼むよ、先生」

「先生だなんて……っ」

恐縮しながらも、文字どおり『輝く』ばかりに美しいテオの顔から幸喜は目を逸らせなくなっていた。

顔の造形が整っているから、というよりは、彼がそうも嬉しげにしていることでなぜか自分の胸も熱くなる。こんな経験、今までなかったような、と、ついまじまじと見つめてしまっていた幸喜に、テオが笑いかけてくる。

「もしかして少し疲れたのかな？　ぼうっとしてる？」

「あ、すみません。いえ、大丈夫です」

確かに伏見稲荷の中、長距離を歩きはしたが、そこまで疲れたわけではなかった。しかし『顔に見惚れました』というのも失礼かと、慌てて幸喜は誤魔化すと、改めてテオに頭を下げた。

「不束者《ふつつかもの》ですがよろしくお願いします」

「あはは、嫁入りみたいだね」

それを聞き、テオが更に楽しげな笑い声を上げる。

「嫁入りって……っ」

そんなつもりでは、と照れそうになったが、それより前に『嫁入り』などという単語を知っていることに驚き、幸喜は思わずまた、テオの顔をまじまじと見てしまった。

「なに？」

テオが視線を受け止め、問いかけてくる。

「難しい言葉をご存じなんだなと思って」

「漢字では書けないけれどね」

テオが苦笑し、肩を竦める。

「どう書くの？」

「ええと……」

テオが差し出してきたペンを受け取り、紙ナプキンに漢字を書く。

「これが『嫁』か。『妻』は？」

「こうです」

「恋人は？」

「恋人……」

「『愛してる』は？」

「愛してる……ですね」

言われるがまま、漢字を書いていた幸喜は、テオがこうした漢字を書きたい理由に思い当たり、顔を上げた。

Supremy

「ん？」

「ラブレターを書くんですか？」

誰に？　やはり桃香にか？　まだ愛しているのだろうか。不意に自身の胸に芽生えた『知りたい』という衝動に、幸喜は戸惑いを覚え自然と胸元に手をやっていた。

「ラブレターか。書いたときには君に添削してもらわないとだね」

テオは照れることなくそう言うと、パチ、と幸喜にウインクをして寄越した。

「うわっ」

長い睫《まつげ》を瞬《しばた》かせる魅惑的すぎるウインクに、幸喜の口から思わず声が漏れた。

「え？」

思いの外《ほか》大きい声だったからか、テオが戸惑ったように目を見開く。

「す、すみません。ウインクなんてされたことなくて……」

「そうなの？　可愛いのにね」

意外だな、とテオが笑う。『可愛い』というのはどういう意味なのか。自分が『可愛い』わけがないので、意味の取り違いだろうか。指摘をしたほうがいいのかと思いつつも幸喜は、テオの笑顔にまた、目が釘付けとなっていた。

「今夜はホテルで夕食をとろうか。あのホテルのレストランも美味しいと評判なんだよ。勿論外に食べに出るのもいいけれど」

「僕は……どちらでも。昼も贅沢《ぜいたく》させてもらいましたし」

幸喜には、高級ホテルのレストランは即《すなわ》ち高級レストランだという認識が今一つなかった。外で『京都らしい』ものを食べるほうが値段が張るに違いないと思い、遠慮をしたのだったが、そのホテルの料理もまた一人三万を軽く越すということをあとから知り、真っ青《まさお》になったのだった。

「ではそろそろ行こう。京都は修学旅行以来だっけ。哲学の道とか南禅寺とか、定番のところを少し歩くのもいいかもしれないね。確か桃香も修学旅行で京都に来たと言っていたから、懐かしがって向かうかもしれない」

「そうでしたか」

自分が桃香としていた話題と、テオが桃香としていた話題はまったく違う。それが彼女が詐欺師である証拠ということなのかもしれない。納得しつつも幸喜は、果たして自分と話していたときの彼女は本心だったのか、それとも演技をしていたのかと気になってきた。

演技だろうがどうだろうが、今更なのに、と自嘲《じちょう》してしまいそうになっていた幸喜にテオが話しかけてくる。

「哲学の道には昔、『占星術殺人事件』に出てきた喫茶店があったそうだ。今はもう閉店しているというのだけれど」

「占星術……テオさんはミステリーも読むんですね……？」

有名な推理小説のタイトルだ、と頷いたあと、先程漢字は苦手と言っていた気が、と思い返していた幸喜の語尾が上がったことから疑問に気づいたらしい。

「翻訳されたものを読んだんだよ」

「そうだったんですね」

確かにあれだけ有名な作品なら、色々な国で翻訳されているだろう。そういうことか、と納得した幸喜に、テオがまたウインクしてみせる。

「そうだ、日本語版を一緒に読もうか。作家が書いた言葉で是非、読んでみたいから」

「わかりました。それではホテルに帰ったら早速、電子書籍をダウンロードしますね」

スマートフォンで読むのはどうかと思いついた幸喜に、テオが「それはいい」と笑ったあとに、少し残念そうな顔になる。

「何か？」

やはり紙の本がいいといった希望があるのだろうか。疑問を覚え、問いかけるとテオは、

「もう、ウインクに慣れてしまったんだなと思ってね」

と苦笑している。

「………」

慣れたどころか。二度目のウインクも充分、どぎまぎさせられた。必死で平静を装ったのに、と、つい恨みがましい目を向けてしまった幸喜を見てテオが楽しげに笑う。

「よかった。一応まだ有効だったんだね」

「……一日も早く慣れたいと思います」

テオにとって、ウインクには意味はないようである。一方的にどぎまぎするなんて馬鹿みたいじゃないかと、幸喜は心の中で自己嫌悪に陥った。

態度には出さないようにと気をつけていたというのに、なぜかテオには気づかれたようで、

「うそだよ。もうからかったりしないから。悪かったね」

と申し訳なさそうに謝ってくる。

「悪いことはありません。ウインクしてもらって得したくらいです」

謝られるようなことではない。慌ててフォローに走った幸喜の前で、テオは何かを言いかけたが、すぐににっこりと笑うと、

「君は本当にいい子だね」

と言ってきた。

「そうでもないと思うんですが……」

『子』という年でもないし、と照れていた幸喜にテオがまたウインクする。

「……もう……」

今のは絶対からかっている。睨《にら》もうとしたが、テオにしっかりと目を合わせられては何も言えなくなってしまった。

圧倒的な美貌の前に、凡人はあまりにも無力だ。なんとか目を逸らせた幸喜の耳に、テオの声が響く。

「さあ、行こうか」

どこか寂しげに聞こえたことが気になったが、目を上げればまたウインクされそうな気がして幸喜は目を伏せたまま立ち上がり、テオのあとに続いた。

その後はテオのプランで哲学の道を歩いたり、南禅寺を見学したり、また足を伸ばして中学校以来の金閣寺を回ったりして過ごし、夕食の時間にホテルに戻った。

いつの間にかテオはホテルのレストランを予約していたようで、部屋に案内されたあと、三十分後にレストランに向かうと告げられ驚いた。

驚いたといえば、ホテルの部屋がツインだったことにも幸喜は驚いていた。てっきり、別々の部屋で泊まるのかと思っていたのだが、このホテルにシングルルームはないのだとテオに教えられ、そうなのか、と納得した。

「君が別の部屋がいいというのならもう一部屋とるよ」

「滅相もない」

一部屋いくらか、スマホで検索していただけに、とてももう一部屋とは頼めないと、幸喜はぶんぶんと首を横に振った。

「そう。それならよかった」

テオがほっとしたような顔になる。旅費はすべて彼持ちなのに、我が儘《わまま》を言ってしまった自分が恥ずかしく、幸喜は改めて、

「すみませんでした」

とテオに詫《わ》びた。

「君が謝ることじゃない。事前に確認しておくべきだったのにそれを怠ったのは僕だ」

「僕のほうこそ。全部お任せしてしまっていたのに、文句のようなことを言ってすみません」

「文句じゃないよ。君の戸惑いのほうが正解さ。男同士で同じ部屋に泊まるというのは抵抗があるよね。しかもツインとはいえこれじゃまるでダブルの部屋と同じだし」

テオがベッドを振り返るのにつられて幸喜もまたベッドを見やったのだが、テオが言うとおり『ツイン』ベッドがぴっちり並べて置かれていることに、幸喜はやはり抵抗を感じずにはいられなかった。

「寝相はいいから安心してくれ。歯ぎしりもしないよ。君は？」

「わ、わからないです。寝相は悪くないですが……」

答えてから幸喜は、テオの言葉は冗談だったのかと気づき、顔を赤らめた。

「すみません……」

「君は謝ってばかりだ。何も悪いことはしていないのに」

テオが苦笑し、幸喜に手を差し伸べてくる。

「言っただろう？　自分の一番の味方は自分なのだから常に堂々としているべきだと。自分に自信を持つんだ。君には素晴らしい未来が開けているはずだから」

「……はい……」

素晴らしい未来。確かにテオは自身の手で『素晴らしい未来』を切り開いた。しかし自分にそれができるとは到底思えない。

大学を卒業したあとのことをそろそろ真剣に考えねばならないのに、日々の生活に追われて将来について考える余裕などない。しかしそれも自分への言い訳なんだよな、と幸喜は密かに溜め息を漏らした。

テオのような成功者を目の当たりにした経験があまりなかったためだろうか。彼の言うとおり、このところの自分は酷く卑屈になっている気がすると幸喜は反省すると、出来る限り前向きでいようと己を叱咤し、テオと共にレストランへと向かった。

ホテルのレストランのいかにも高級感溢れる雰囲気に、幸喜はすっかり臆してしまった。用意されていた席はカウンター席だったが、料理人が常に前に立ち、目の前で調理してくれる、いわばレストラン内では最良の席であることが食事が進むにつれわかってきた。

テオは懐石料理が一皿ずつサーブされるたびに給仕からなされる説明に興味深く頷き、給仕や料理人にあれこれと質問していたが、幸喜は自分がどれだけ場違いであるかということを思い知らされ、今の今、卑屈にはなるまいと決意したばかりだというのに、席で縮こまってしまっていた。

料理がよほど気に入ったらしく、テオは随分と日本酒が進んでいた。

「コーキ君はいつ、二十歳になるんだっけ？」

飲めないのは気の毒だと言いながら、テオが幸喜に問うてくる。

「来週です」

「なんと。一週間後だったら飲めたのか。来週誘えばよかったな」

テオは残念そうな顔をしたが、すぐまた、ぱっと明るい表情となった。

「そうだ。来週君の誕生日を祝おう。何日だい？　土曜日？　日曜日？」

「金曜日ですが、祝うとかそんな……」

この場のノリで言ってくれているのだろうか。だとしたら断るほうが失礼かもしれない。

咄嗟の判断ができず、口ごもった幸喜にテオは、

「金曜日か。わかった。あ、君はバイト？」

と確認を取ってくる。

「いえ。翌日からゼミの合宿なのでその日は休ませてもらいました」

「ああ、そうだった。土日は軽井沢に行くんだったね」

記憶力がいいらしく、行き先まで覚えてくれていたテオは、

「金曜の夕食は一緒にとれるかな？」

と並んで座る幸喜に身を寄せるようにして問うてきた。

「はい。あ、でも、お祝いとかそういうのはほんと、申し訳ないので……」

「遠慮は無用だよ。先約があるのなら譲るけれども」

「ないです。予定は特に」

誕生日を誰かに祝ってもらったことなど、ここ数年なかった。その日が過ぎてから、そういや誕生日だったと思い出すことが多い。

そういえば桃香に誕生日を聞かれた気がする。

『もうすぐじゃん。お祝いしないとね』

彼女にそう言われて、嬉しく感じた。彼女の誕生日を尋ねるとまだ半年も先だったが、祝いたいと願った。それを彼女に言うと、

『楽しみすぎる！』

と喜んでくれ、心が温かくなった。ぼんやりとそんなことを考えていた幸喜は、テオに声をかけられ、はっと我に返った。

「君の好物を教えてほしいな。何が食べたい？　和食かい？　洋食？」

「なんでも好きです。あの……」

また高級レストランに連れて行こうとしてくれているのか。だとしたら申し訳ない、と思いはしたが『高くないところ』というのも失礼かと考え、これなら、と妙案を思いついた。

「もんじゃとか、食べたいです」

「もんじゃ？」

テオが目を見開く。

「ええと……お好み焼き、わかります？」

やはりテオはもんじゃ焼きを知らなかった。勝どきと月島は近いし、ちょうどいい、と自分の思いつきに心の中でガッツポーズをとると幸喜は、もんじゃ焼きについて説明しようとした。

「ああ。広島や大阪で人気がある、鉄板で焼くものだよね」

考え考え答えるテオはやはり、庶民的な食べ物にはあまり明るくないようだ。それなら是非、トライしてもらおうと、少し楽しい気持ちになりつつ、幸喜は説明を続けた。

「はい。もんじゃも鉄板で焼くんですけど、固形じゃなくて、最初はほぼ液体というか……」

「液体？」

テオが驚いたように目を見開く。

「はい。作り方もちょっと面白いので是非お見せしたいなと。月島にたくさんもんじゃ焼きのお店があるんですよ。もんじゃストリートとかもあったような……」

「月島。マンションの近くだね。そんなにたくさん店があるのか。行きたい店はある？」

「僕が予約します」

特に行きたい店はなかったし、『もんじゃ』自体を知らないテオが店を探すのも大変だろうと、幸喜が申し出ると、

「君の誕生日なのに君が予約をするなんて」

とテオは納得しかねる様子をしながらも、幸喜が「やります」と告げるとそれ以上の反対はしなかった。

「申し訳ないけど頼むね」

「申し訳なくないです。誕生日を祝ってもらえるだけで嬉しいので」

幸喜の言葉にテオは嬉しげな顔となった。

「僕に祝われて嬉しい？」

「勿論です」

頷いてから幸喜は、そういえば、と思いつきテオに問いかけた。

「テオさんの誕生日はいつですか？」

「僕？　僕は十二月だよ」

結構先だと思いながら日にちを尋ねる。

「何日ですか？」

と、テオはなぜか少し照れた顔になると、

「二十五日」

と答え、幸喜は彼が照れた理由を察した。

「クリスマスですね！」

「そう。子供の頃からからかわれていたのでつい、ね」

苦笑していたテオだったが、幸喜が、

「でも、絶対忘れないからいいですよ」

とフォローすると、パッと顔を輝かせた。

「君も忘れない？」

「……え、ええ。勿論」

比喩ではなく発光しているかに見えた輝く笑みに、幸喜は目を奪われ、少し返事が遅れてしまった。

「はは、嬉しいな」

それでもテオは言葉どおり、嬉しげに笑っている。日本酒をかなり飲んでいるせいか、彼の白皙《はくせき》の頬はほんのりと紅潮し、瞳は酷く潤んで見えた。

『美貌』という表現は男性にも当てはまるものなのかと実感していた幸喜に、テオが笑いかけてくる。

「君の誕生日は、ええと……ああ、そう。『もんじゃ』のお店で祝うとして、僕の誕生日はクリスマスパーティと一緒にして、家で祝うことにしようか」

「いいですね」

あの部屋なら誰を呼んでも恥ずかしくない――どころか、皆の羨望を集めるだろう。

「久々にツリーを飾るのもいいかも。プレゼントもお互い用意してね」

テオが楽しげに笑いながら告げる言葉を聞くうちに、幸喜の中で想像が広がっていく。

映画やテレビで見るようなパーティの風景。それぞれ綺麗なドレスやタキシードを身に纏《まと》った見目麗しい外国人たちが、やはりタキシード姿のテオと共にツリーを囲みシャンパングラスで乾杯をしている。

まさにセレブ。その中で自分はさぞ浮くことだろう。少し寂しさを覚えていた幸喜の肩を、テオの手が摑む。

「その頃には君も二十歳を越しているから、二人で乾杯できるね」

乾杯、とテオが日本酒を飲んでいたグラスを捧げてくる。

「………」

『二人で』――途端に幸喜の脳裏に、テオと二人してグラスを合わせている幻の光景が浮かび、酷く鼓動が高鳴る。

お酒を飲んだわけでもないのに、どうしてしまったことかと動揺した幸喜は、咄嗟に話を変えようとし、頭に浮かんだ言葉をぱっと口にしてしまっていた。

「あ、あの、桃香の誕生日も冬って聞きました」

「桃香？」

テオの顔が一瞬にして曇る。表情の落差が激しいことが気になり、幸喜が見つめていると、テオは、少しの逡巡《しゅんじゅん》を見せたあと、

「実は」

と不機嫌になった理由を説明してくれた。

「僕は先月と聞いていたんだ。彼女の誕生日にプロポーズをし、五百万の指輪を贈った」

「そ、そうでしたか」

それは不機嫌にもなるだろう。せっかく気持ちよく飲んでいたところ、申し訳なかった、と幸喜は慌てて謝った。

「すみません、無神経で……」

「かまわない。君は損害が少なくすんでよかったよ」

指輪の他に、服やバッグをねだられたから、とテオが笑顔で言葉を続ける。酷い目に遭ったという話をしているのに、なぜかテオの表情は先程より明るくて、もしや自分に気を遣ってくれているのではないかと思うと、幸喜は尚《なお》一層の罪悪感を覚えずにはいられなかった。

6

京都から帰ったあとの一週間は、大学ではゼミ合宿の準備、そしてバイトも通常どおりこなしていたため、幸喜《こうき》にとってはかなり忙しい日々となった。

相変わらず、朝食は幸喜が作っていた。和食にもチャレンジしたところ、白米と味噌汁、それに鮭を焼いたもの、という簡単なメニューであったにもかかわらず、テオの受けがよかったので、朝は和食とパン、日替わりということで落ち着いていた。

金曜日の朝、起きてくるとテオは開口一番、

「コーキ君、誕生日おめでとう」

と祝ってくれ、幸喜を幸せな気持ちにしてくれた。

「ありがとうございます」

「いよいよ二十歳だね。今夜は楽しみにしているよ」

「こちらこそです。本当にありがとうございます」

友人に聞いた、月島でも美味《おい》しいと評判のもんじゃ焼きの店を午後七時に予約してある。

テオとは店で合流することになっていた。

いつものようにテオを見送ったあと幸喜は、朝食の後片付けをし大学に向かう支度をしていたのだが、ふと、この一週間、桃香《ももか》探しをまったくやっていなかったことに気づいた。

京都でテオは、ホテルの支配人や川床の店で桃香の写真を見せ、彼女が立ち寄ったかどうかを確かめたと言っていた。幸喜はそのとき入浴していたり手洗いに立っていたりしたので直接、支配人らの反応は見ていないのだが、個人情報なので教えられないといった冷たいリアクションだったとテオは憤然としていた。

伏見稲荷《ふしみいなり》や哲学の道を、幸喜はすっかり観光気分で歩いていたが、帰りの新幹線でテオに『桃香はどこにもいなかったな』と落胆した声を出され、しまった、まったく気を配っていなかったと密《ひそ》かに冷や汗をかいていた。

そのくらい――楽しかった。いつしか支度をしていた幸喜の手は止まり、京都でテオと回った観光地を思い起こしていたのだが、既に家を出る時間になっていることに気づき、慌てて支度を調え、大学へと向かった。

混雑している地下鉄にも慣れてきた。前のアパートに住んでいたときと比べて、生活に張りが出てきた気がする、と我知らずのうちに微笑《ほほえ》んでいたことに気づき、幸喜はそっと自身の頬を指先で押さえた。

理由はわかりきっている。テオと暮らしているからだ。彼のために朝食を作り、共に食卓につく。夜は松井《まつい》店長が作ってくれたまかないを共に食べる。彼との会話で一日が始まり、一日が終わる。それがどれだけ気持ちを豊かにしてくれているか。両親が亡くなったあと一人で暮らし始め、もうすぐ二年になるが、一人で生きていくことに必死で『寂しい』という感情を抱《いだ》く余裕がなかった。

押し切られた形ではあったものの、桃香からのルームシェアの申し出を結局受けたのは、無自覚ではあったが自分もまた寂しさを感じていたからかもしれない。

『一緒に住めばいつも一緒にいられるんだよ。嬉《うれ》しくない？　ウチ、身寄りがもう一人もいないじゃない？　だから家族と一緒にまた住んでみたいなあって』

あのときの桃香の言葉はそのまま、自身の願望だったのかもしれないなと幸喜は改めて桃香を思い出した。

結局足取りは摑《つか》めない。三十万円を取り戻すことはもう無理だと諦めたほうがいいだろう。しかし『焼け太り』ではないが、既に自分はテオから三十万円以上の恩恵を受けている。それでもう、よしとしよう――と、一人頷《うなず》きかけた幸喜だったが、ふと、テオのほうはどうなのだろうと、彼の気持ちを考えた。

テオは未《いま》だに桃香の行方《ゆくえ》を探している。被害額が一億以上ともなれば、自分のように『よしとしよう』という心理にはなかなかならないと、容易に想像はできる。

だがもし、思い切りをつけてしまったら――？　桃香のことはもう諦めるとなった場合、当然ながら自分との同居も解消されるのではということに幸喜は今更気づき、愕然《がくぜん》となった。

なぜ愕然とするのだ。落ち着け、と幸喜は意のままにならない自身の気持ちに戸惑いながら必死で落ち着こうとする。

そもそも半年後にはアパートを出ねばならないことになっていたはずだ。普通に大学近くで部屋を探せばいい。敷金礼金分の金額はバイトを増やすことで対応しよう。単発の肉体労働系なら結構いいお金になるのではないか。

そしてまた、一人の生活が始まる。それだけのことだ。うん、と一人頷く幸喜の胸に、チク、といつぞやの痛みが蘇《よみがえ》る。

なんなのだ。この痛みは。寂しいとしか表現し得ない感情は。テオと一緒にいることですっかり贅沢を覚えてしまったのか、自分は。今の生活はまさに『うたかた』。幻といってもいいだろう。

いわば、マッチ売りの少女がマッチを擦ったときに見た夢だ。我ながら陳腐なたとえだ、と呆《あき》れてしまっていた幸喜の胸は、相変わらずチクチクと自分でも説明のできない痛みに疼《うず》いており、この痛みはなんなのだろうと暫《しばら》くの間、考えさせられることとなった。

待ち合わせは午後七時だったが、十分前にもんじゃストリートから少し外れたところにある店に向かうと、既にテオは席に座っており、店主と思われる六十代の女性に話しかけられていた。

「ああ、コーキ、ちょうどよかった。彼女に説明してもらえないか？　僕は俳優でもモデルでもないって」

幸喜の姿を認めると、ほっとした顔になり、助けを求めてくる。

「え？　一体何が……」

「こりゃまた可愛《かわい》らしい子が来たもんだね。いやね、てっきり外国の有名な俳優さんかと思ってサインをもらおうとしたんだけど、違うのかい？　本当に？」

「違いますよ。大学院にお勤めのかたです」

ビジネススクールの名前を出すのはマズいかもしれないと配慮し、ぼかして答えた幸喜を前に、女主人は、

「あらまあ」

と驚いた顔になった。

「ごめんなさいね。てっきり俳優さんかと思ったもので。ほら、ブラッド・ピットが来店した店で、店主が彼を知らなかったからサインするって言ってくれたのにもらわなかったって有名な話があるじゃないか。私も同じことしちまったらお客さんにも娘にも怒られちまうと思ってさあ」

ごめんねえ、と明るく笑う女主人に対し、気を悪くする様子もなく、

「そういうことだったんですね」

と笑っているテオを見て、幸喜はほっと安堵《あんど》の息を吐くと同時に、テオの心の広さを好ましく思った。

「お詫《わ》びに何か一つ、もんじゃを奢《おご》るよ。飲み物は？　生でいいかい？」

「コーキ、君はどうする？　二十歳の記念の一杯は何がいいかな？」

テオが笑顔で問うてきたのを聞きつけた女主人が、

「なんだ、あんた、今日誕生日かい？」

と明るい声を上げ、一杯目もご馳走《ちそう》するという大盤振る舞いをしてくれることになった。

初めてのアルコールは何がいいのか、見当がつかなかったが、二十歳を過ぎた同級生や先輩がコンパなどでよく飲んでいる生ビールに決める。

「同じで」

テオが笑顔を向けると、女主人は、

「本当にイケメンだねえ」

とメロメロになりつつも、幸喜とテオに生ビールの中ジョッキをそれぞれサーブしてくれた。

「お誕生日おめでとう、コーキ」

「ありがとうございます」

ジョッキを合わせながら幸喜は、先程からテオが自分を呼ぶとき、『君』がつかなくなっているることに気づき、くすぐったい気持ちになっていた。

女主人に迫られ動揺していたからだろうか。呼び捨てというのは親しみが増したようで嬉しい。しかし自分は『テオ』と呼び捨てにできる気はしないけれど。

そんなことを考えていると女主人がオーダーをとりにやってきて、テオがもんじゃ初体験とわかると、これとこれがお勧め、と仕切ってくれた上で、頼むより前から焼きかたのレクチャーもしてくれた。

「土手を作るの。お好み焼きと違ってタネを混ぜたりしないんだよ。こうして周りを囲ったところに流し込む」

さすが手慣れたもので、あっという間に仕上げると女主人は、このヘラで食べるのだが、熱いようなら皿に取って食べるといい、と、至れり尽くせりの指導を与えてくれたあと、

「それじゃ、ごゆっくり」

とテーブルを離れていった。

「確かに焼き方も面白いね」

テオはもんじゃを気に入ってくれたようで、小さなヘラですくって食べては、美味しい、と賞賛の言葉を口にし、次は自分が焼いてみたい、と挑戦もした。

もんじゃ焼きを二つ、お好み焼きを一つ、それに焼きそば、そしてラストにあんこ巻き、と、幸喜が考えていた『フルコース』に、テオは満足してくれたようだった。

幸喜が手洗いに立った間にテオは支払いをすませていたのだが、値段の安さに驚いた、と店を出たあとに幸喜に向かいそう告げた。

「最初のビールともんじゃ焼きがお店の奢りだったから」

生ビールはちょっと苦いと感じたが、熱々のもんじゃとは相性ぴったりで、あっという間に中ジョッキは空になった。

次もビールにしようかと思ったが、いろいろな酒を飲んでみたくなり、チューハイのレモンを注文してみた。

これもまた飲みやすく、あっという間に飲み干した幸喜は、次には緑茶ハイを注文、口当たりがいいのでこれもまた飲み干し、店を出る頃にはすっかりいい気持ちになっていた。

「どうでした？　もんじゃ。美味しかったですか？」

「ああ。美味しかった。それに楽しかった。土手作りは難しかったな。またチャレンジしたいよ」

「あはは、上手でしたよ。でもまた、行きましょう」

いつもであれば年上でもあるし、家賃もろもろ世話になっていることもあって、どうしても遠慮してしまっていたが、アルコールが幸喜を大胆にしたのか、今は屈託なくテオに相対することができていた。

「是非行こう。そのときまでに最後のあんこ巻きもマスターしてみせるよ」

「あんこ巻きは難しいですよー。でもテオさんならあっという間にマスターしそう」

「ねえ」

と、ここでテオが不意に足を止め、幸喜の顔を覗《のぞ》き込んできた。

「はい！」

答える声が酷《ひど》く大きくなっていることに、幸喜自身、気づいていなかった。

「僕のことも『テオ』と呼んでくれないかな？」

「えー、無理ですよ。テオさんはテオさんです」

躊躇《ためら》いなく断ったのも酔いゆえで、テオはやれやれ、というように肩を竦《すく》めたあと、

「親しみが出ていいと思うんだけどな」

と残念そうに呟《つぶや》いた。

「親しみはありますけど、テオさんと僕は身分が違うので」

「身分ってなんだ？　今はダイバーシティの時代だよ」

「お台場にダイバーシティってあるの、知ってます？」

初めて飲んだアルコールは、いつになく幸喜をハイにしていた。隣で、やれやれ、とまたも溜《た》め息《いき》をついたテオに気づかず、明るく言い放つ。

「嬉しい誕生日になりました。ありがとうございます、テオさん」

「そう言ってもらえると嬉しい。部屋に戻ったらケーキとシャンパンでお祝いをしたいんだが、大丈夫かな？」

「え？　ケーキでお祝いしてもらえるんですか？　わあ、嬉しいな」

甘いものが好きな幸喜は、ケーキと聞いて嬉しくなり、声を弾ませた。

「よかった。喜んでもらえて」

テオもまた嬉しげな顔になる。

「酔っている君は面白いね」

「え？　酔ってるんですかね？　今、僕は」

飲酒の経験のない幸喜には、『酔っ払う』というのがどういう状態なのかが今一つわからず、立ち止まって首を傾《かし》げる。

「立派な酔っ払いだ。さあ、タクシーで帰ろう」

テオはそんな幸喜の背を強引に促すと、

「電車にしましょう。もったいないから」

と言う彼を無視して通りかかったタクシーに手を上げて停め、そのまま勝どきのタワーマンションへと帰宅した。

「わ、これ、どうしたんですか！」

帰宅し、リビングダイニングに入った途端、目の前に開けた光景に、幸喜は驚きの声を上げた。

「少し早めに帰って準備をしておいたんだ」

テオが嬉しげに胸を張る。

ダイニングのテーブルにはまるでレストランのように白いテーブルクロスがかけられ、テーブルキャンドルと赤い薔薇《ばら》を生けた一輪挿しが置かれていた。

「さあ、座って」

幸喜をいつもの椅子に座らせ、キャンドルに火をつける。

「ロマンティック！」

揺らめくキャンドルの明かりに、幸喜はすっかり興奮してしまった。その間にテオはキッチンへと向かうと、用意しておいたらしいシャンパンやシャンパンクーラーを運び、テーブルに置く。

「あ、すみません。手伝います」

ハイテンションになっていた幸喜だが、ようやく自分を取り戻し、キッチンへと引き返すテオのあとを追った。

「ケーキ、運べる？」

「大丈夫です」

テオが心配そうにしていたのは、幸喜の足下が少しよろけていたからのようで、

「僕が運ぶから、座ってて。今日は誕生日なんだから」

と笑って追い返されてしまった幸喜は、誕生日を祝ってもらえるのは本当にいいな、と素直に聞き入れ、ダイニングに引き返した。

「美味しそうー！」

テオが幸喜のために用意したのは、苺《いちご》のショートケーキだった。ホールではなくカットされたもので、自分の前にはベイクドチーズケーキを置いている。

「甘いの、苦手なんですか？」

ケーキの違いに気づき、幸喜が問いかけると、

「生クリームがちょっと苦手なんだ」

とテオは苦笑しつつシャンパンの栓を器用に抜いた。

「本当にポンッていうんですね」

初めて見た、と浮かれた声を上げた幸喜の前でテオはフルートグラスにシャンパンを注ぐと、一つを差し出してきた。

「大丈夫かな？　気分が悪くなったら言うんだよ？」

「大丈夫です。気分、めっちゃいいです！」

「……大丈夫かなあ」

元気よく答えた幸喜に対し、心配そうな目を向けながらもテオはグラスを手渡し、自分も手に取った。

「それじゃあ、お誕生日おめでとう」

「ありがとうございます。やっと二十歳になりました」

お酒が飲める！　と明るい声を上げたあと、幸喜はシャンパンに口をつけた。

「美味しい‼」

生ビールもレモンハイや緑茶ハイも美味しかったが、シャンパンは殊更美味しい、と幸喜はあまりの美味《うま》さに驚いたせいで、高い声を上げていた。

「気に入ってくれてよかった。僕も好きなんだよ」

言いながらテオがラベルを見せてくれたが、酒類にまったく詳しくない幸喜には、自分が飲んでいるシャンパンの銘柄が何かということはまるでわからなかった。

「美味しいです。あ、子供の頃、母とテレビでやってた映画で見ました。なんだっけ。プリティ・ウーマン。シャンパンと苺を食べる、みたいなシーンがあったような」

「懐かしい。リチャード・ギアとジュリア・ロバーツだっけ。そういやあったな。そんなシーンが」

「だから苺のショートケーキなんですか？　嬉しいな」

言いながら幸喜はケーキに載っていた苺をフォークで刺し、口へと運んだ。続けてシャンパンを飲み、感嘆の声を上げる。

「美味しいー！」

「それはよかった」

テオは満足そうに頷いたあと、コホン、と咳払《せきばら》いをし、幸喜に身を乗り出してきた。

「プレゼントも贈りたいんだが、君が喜ぶものが今一つ思いつかなくてね。欲しくもないものを貰《もら》っても迷惑だろうし、君に希望を聞いてから買いに行こうと思うんだが、何か欲しいものはあるかい？」

「プレゼントなんて！　とんでもないです。バチがあたりますよ」

シャンパンをあっという間に空にしていた幸喜は、自分が相当酔っていることにまだ気づいていなかった。

「こんなによくしてもらってるのに！　ものなんてもらったら怒られます」

「怒られるって誰に？」

「そりゃ、お母さんに……あ……」

今の今まで、母との思い出を語っていたため、どうやら混乱してしまったらしい。母はもういないのだと気づいたとき、酔いのせいか、胸に熱いものが込み上げてきた。

「コーキ？」

「……お母さんはもう、いないんだった……」

亡くなったのは二年も前だというのに、二度と会えないのだと自覚した途端、悲しみが胸に押し寄せ、嗚咽《おえつ》が漏れる。

「コーキ。泣かないでくれ」

テオが優しげな声を出し、幸喜に呼びかけてくる。

「う……っ……」

だが感情のコントロールがきかず、涙を堪《こら》えることができない。

シャンパングラスをテーブルに置くことができたのが不思議なくらい、幸喜は酔ってしまっていた。両手に顔を埋《うず》め、泣きじゃくる彼の傍《そば》に誰かが立つ気配がし、肩をそっと摑まれる。

「泣かないでくれ。コーキ。君に泣かれるとつらい」

この声はテオだ。優しい声音。胸がいっぱいになってしまう。

「君を泣かせたくない。君にはいつも笑っていてほしい。常に幸せを感じていてほしいんだ」

テオの優しい声が耳許《みみもと》で響いたのは、彼が身を屈《かが》め幸喜の頭を自身の胸へと抱き寄せてくれたからだということも、幸喜は把握できていなかった。

安堵しか感じない温かな声音に、悲しみが一気に癒されていく。厚い胸板の感触も心地よく、いつしか幸喜はテオに導かれるがままに立ち上がり、彼の胸に顔を埋めていた。

背中にはしっかり、テオの両腕が回っている。すっぽりとその中にホールドされた状態が

心地よく、既に涙は止まっていたが幸喜はテオの胸に顔を埋め、はあ、と大きく息を吐き出した。

「好きだよ」

テオの声が耳許で響く。

「…………好き…………」

ドキ、と鼓動が高鳴り、やりきれないとしか表現し得ない感情が胸に満ちてきた。

「君は僕を好き？」

夢見心地で問われ、勿論《もちろん》、と頷く。

好き――好きだ。どうしようもないほどに。

突然胸に湧《わ》き起こった感情に、幸喜は翻弄されていた。

今まで自覚はなかった。だが答えはテオが教えてくれた。そうだ。ずっと胸の中で疼いていた感情は『好き』という思いだった。

今まで体感したことがない感情だったから気づけなかったのだ。生まれて初めての恋。そう、これはきっと恋だ。紛《まが》うことなく。

「好き……です」

言葉にするとより、実感が増した。

「好きだ」

テオもまた熱っぽく囁《ささや》き、きつく幸喜の身体《からだ》を抱き締めてくる。

なんて嬉しい。幸喜もまたテオの背に腕を回しきつく抱き締め返した。

「……キスしたい」

テオに囁かれ、幸喜は彼の腕の中で、こくん、と首を縦に振り合意の意図を伝えた。

「ベッドに行こう」

テオの声により熱が籠もり、背を抱く腕に力が込められる。

「………」

ベッドに行く——未知なる体験ではあったが、既に幸喜の気持ちは固まっていた。体重をテオの胸に預けると、テオはその場で幸喜を抱き上げ、歩き始めた。

幸喜は今、まさに夢の中にいるような状態だった。ふわふわと、まるで雲の上にいるような感じだ、と思っているうちにテオの寝室へと到着し、キングサイズのベッドにそっと身体を下ろされる。

「好きだ」

テオの声は情熱的で、甘い声音に幸喜は翻弄されていた。幸喜にとっては今体験しているのは現実の出来事ではなく、自分の夢の世界という感覚だった。

気づいたときには全裸にされていた。自身の身体が酷く熱いことは、触れられる指先の冷たさでわかる。

手が冷たい人は心が温かいという。テオの心はさぞ温かいのだろう。自然と微笑んでしまっていた幸喜の唇をテオの唇が覆う。

ああ。キスだ。

最高に胸がときめく。彼とキスできる日がくるなんて。いや、違う。これは夢だ。願望だ。現実には起こり得ないことだ。今日は誕生日だから、こんな幸せな夢を見ることができているのだ。

「……あ……っ」

唇を重ねながらテオが幸喜の裸の胸に掌《てのひら》を這《は》わせてくる。乳首を掌で数度擦《こす》り上げられたあとに、勃《た》ち上がったそれをピンと爪で弾《はじ》かれ、口から堪えきれない喘《あえ》ぎが漏れる。

「……っ」

まるで女性の声のようだ、と恥じた幸喜は思わず両手で口を塞《ふさ》いでいた。

「聞きたいな。君の声」

テオがキスを中断し、にっこりと笑いかけてくる。紅潮した頬。煌《きら》めく青い瞳、己の唾液で濡れて光る唇。

ああ、美しい。神々しいほどだ、と見惚《みと》れているとまた、乳首をピンッと弾かれる。

「ああっ」

疼くような感覚に、堪らず喘いだ幸喜の声を聞き、テオが嬉しげな顔になる。彼の笑顔をまた見たくて幸喜は口を覆っていた手を退《ど》けた。

何もかも、テオの望むままにしたい。すべてを受け入れたいしすべてを受け入れてほしい。相変わらず身体はふわふわと雲の上に浮いたような状態ではあったが、気持ちはしっかりと固まっていた。

幸喜の唇を塞いでいたテオの唇が首筋を伝い、やがて乳首へと辿《たど》り着《つ》く。

「やぁ……ん」

ざらりとした舌の感触に、堪らず身を捩《よじ》らせた幸喜の身体を体重で押さえ込むようにしながら、テオは執拗《しつよう》なほどに幸喜の乳首を唇で、舌で、ときに軽く歯を立てて愛撫《あいぶ》をした。もう片方も勿論彼の繊細な指先で摘まれ、捻《ひね》られ、爪を立てられている。

両方の乳首に与えられる刺激に、幸喜の欲情は煽《あお》られ、今や彼の雄はすっかり勃起し、唇からはあられもない声が漏れてしまっていた。

もどかしい。体感したことのない感覚と気持ちに戸惑いながらも、幸喜は自身の欲望に実に忠実になっていた。

太腿《ふともも》の辺りにテオの熱い雄の感触がある。彼もまた興奮してくれていることでこうも幸福感と昂揚感《こうようかん》を得られるなんて。

ああ、幸せだ。自然と微笑んでしまっていた幸喜の胸に熱いものが込み上げてくる。

「あっ」

と、そのとき勃っていた雄をテオが掌で包み、扱《しご》き上げてきた。

「やぁ……っ」

彼に触られていると思うだけでいきそうになっていたが、一気に雄を扱き上げられるという直接的な刺激を受けては我慢などできようはずもなかった。

「アーッ」

自分でもびっくりするような高い声を上げて幸喜は達し、白濁した液をテオの手の中に飛ばしていた。

「あぁ……」

鼓動が耳鳴りのように頭の中で響く。欲情を吐き出し、息を乱していた幸喜の身体を、テオが優しく抱き締める。

「ずっと夢見ていた……こうして君を抱き締めることができる日を……」

「…………」

ずっと——？

襲い来る睡魔に紛れそうになる意識の下《もと》、微《かす》かな違和感が幸喜の胸に宿る。だがそれが何に対するものなのか考える余裕は既になく、幸喜は己を抱き締めるテオの腕の中で、満ち足りた思いを胸にそのまま眠りについてしまったのだった。

7

「う……」

なんだかとても気持ちが悪い。そして頭が痛い。気力を振り絞り、なんとか重い瞼《まぶた》を開いた幸喜の目に飛び込んできたのは、見覚えのない部屋の天井で、ここはどこだ？　と幸喜は一気に目覚め、身体を起こした。

「うわっ」

まず自分が全裸であることに驚き、次に自分が寝ていたのが広いベッドだということに気づいてまた驚く。

遮光のカーテンの隙間《すきま》から朝の光が注いでいる。今、何時だろうと腕時計を見ると朝の六時で、体内時計というのは本当にあるのだなと感心した次の瞬間、昨夜の記憶が怒濤《どとう》のように彼の頭に雪崩《なだ》れ込んできた。

「え……え……？」

昨夜はテオに、月島のもんじゃ焼きの店で誕生日を祝ってもらった。その後家に戻り、シャンパンとケーキをご馳走になった。

飲みながら酷く浮かれていたのに、母のことを思い出し泣いてしまった。そんな自分をテオは優しく慰め、そして――。

「……えっ？　えっ？」

夢――？

いや、夢だとしたらなぜ自分はここにいるんだ？　既に頭痛も胸のむかつきも驚きが大きかったせいでどこかに消えてしまっていた。

起き上がり、ベッドを降りてカーテンを開く。明るくなったそこは、テオの寝室に違いなかった。

しかし室内にテオはいない。一体どこにいるのだろう。彼から話が聞きたい。何がどうなっているのか。何よりどこまでが夢でどこからが現実なのかを確かめたい。

カーテンを開くと電気をつけずとも室内が明るくなっていたので、幸喜はベッドの下に落ちていた自分の下着や服を見つけることができた。それらを身につけ、寝室を出る。

リビングダイニング、そしてキッチン。どこにもテオはいなかった。なら書斎だろうかとドアの前に立ち、ノックをする。

「…………」

答えがないのでドアを開いたが、室内は無人だった。浴室や洗面所、それにトイレにもいない。まさか、と思い、荷物に埋もれた六畳間を覗いたが、やはりテオの姿はなく、この部屋に今彼はいないということを幸喜はようやく確かめることができた。

朝の六時にいない？　なぜだ？　今日は土曜日、勤務日ではないはずである。昨夜は確かに共に過ごしていた。なのに今はいない。それはなぜだ？

考えられる答えはただ一つ。敢《あ》えて部屋を出た。その理由は？

「…………夢……じゃないから……か？」

幸喜の脳裏に、そして身体に、まざまざとテオになされた行為が蘇る。

抱き締められ、キスされた。そして抱き上げられ寝室に――。

「うわ」

シーツの上にそっと下ろされ、そしてキス。いつの間にか服を脱がされ全裸で抱き合った――のは、夢ではなかったのか。

乳首を愛撫され、たまらない気持ちになった。勃起した雄を握られ、扱き上げられて達した。あれも夢ではなかったのだろうか。

そして――。

『ずっと夢見ていた……こうして君を抱き締めることができる日を……』

愛《いと》しげに囁かれたテオの声音を思い出した瞬間、幸喜は『正解』に思い当たり、声を失った。

間違えたのだ。テオは。

自分が酷く酔っていたように、彼もまた酔っていた。それで間違えたのだろう。

彼が『ずっと』抱き締めることを夢見ていた相手には心当たりがありまくる。誰でもない、桃香だ。

未だテオは桃香を想っている。だからこそ彼女を警察に訴えることなく、行方を探しているのではないか。

彼女と共に暮らすはずの家で、彼は間違えたのだ。酔ったせいで、彼女の代わりに暮らすことになった自分と彼女を。

そうでなければ『ずっと』などと言うはずがない。テオと自分は会ってまだひと月も経《た》っていない。

間違えたからこそ、今、テオはこの場にいないのではないか。酔いが覚めたあとに自分がしでかしてしまった痛恨のミスに気づき、顔を合わせることを避けて出ていった。そうでなければ朝の六時に彼が不在である理由がわからない。

ダイニングのテーブルは綺麗に片づいていた。キャンドルはなかったが赤い薔薇の一輪挿しは残っている。綺麗なその花を見ているうちに悲しみが胸に押寄せてきて幸喜は堪《たま》らずテーブルに突っ伏した。

キリキリと胸が痛み、涙が込み上げてくる。なぜ自分がこうも悲しい気持ちになっているのか、幸喜には今やはっきりとわかっていた。

キスをされたり裸にされたりしたことが悲しいわけではなかった。昨夜は酔ってはいたが、酔っていただけに自分の気持ちに正直になれていて、テオにキスされたり愛撫を受けたりすることを、嬉しいと感じていた。

触れたかったし触れられたかった。彼が好きだから。そう、テオが好きなのだ、自分は。だからこそ、今、この場に彼がいないことが悲しくなった。間違えられたことよりも、テオが後悔しているに違いないことが、悲しかった。つらかった。

「う……っ」

テーブルに突っ伏し、泣きじゃくる。もうテオは自分の顔を見たくないかもしれない。だからこそ、出ていったのだ。ここは彼の家なのに。

「ごめん……なさい……」

嗚咽の合間に謝罪の言葉を繰り返す。ふと幸喜の脳裏に、テオの言葉が蘇った。

『君は謝ってばかりだ。何も悪いことはしていないのに』

『自分の一番の味方は自分だ。誰に対しても、そう、特に自分に対しては堂々としているべきなんだ』

思いやりに溢《あふ》れる言葉に感じ入った。そんなところも好きだった。自覚した途端にテオの好ましいところが次々浮かぶも、もう二度とそんな彼の笑顔にも優しさにも触れられる機会はなくなったのが切なかった。悲しかった。

泣いて泣いて、涙が涸《か》れた頃、ようやく幸喜は落ち着きを取り戻すことができた。時計を見ると間もなく七時になろうとしている。今日からゼミの合宿だった。待ち合わせは東京駅に九時。シャワーを浴びねばならないし、支度も必要になる。こうしてはいられない、と無理矢理気持ちを切り換えると、まずシャワーを浴びるために浴室へと向かった。

着替えやパソコンをバッグにしまいながら幸喜は、ゼミ合宿から帰ったらこの部屋を出ようと心に決めた。

幸い、持ってきた荷物は少ない上、仕舞うところもないのですぐに運び出せそうな状態になっている。帰宅は日曜日の夜になるが、その日はカプセルホテルにでも泊まり、月曜日に大学近くの部屋を探す。その日のうちに決まれば引っ越しをするし、決まらなければ暫くカプセルホテルで宿泊を続け、部屋を探そう。

どちらにしても、顔は合わせないほうがいいだろう。そんなことを考えていると、涸れたはずの涙がまた込み上げてきたが泣いている暇はない、と自身を叱咤し幸喜は支度を終えた。

もう二度と顔を合わせることはないので安心してほしい。テオにそれを伝えておこうと、ダイニングのテーブルにメモを残すことにする。

合宿から戻ったら部屋を出るつもりです。今までありがとうございました。桃香捜索に協力できなくなって申し訳ないです。そこまで書いたあと、昨夜のことについても書こうとしたが、『気にしていない』というのもなんだか違うし、『申し訳なかった』というのも違う気がして、結局そのことには触れず、名前を書いて終わりにした。

東京駅まではバスで向かい、待ち合わせ場所でゼミの教授や学生と合流すると、予約していた新幹線で軽井沢へと向かった。

幸喜が所属しているゼミは二十四名と人数が多く、賑《にぎ》やかな移動となった。

「そういや、桃香って子、どこの大学かわかった？」

以前桃香のことを聞いて回ったせいか、彼女のことが話題に上り、周囲の席にいた学生たちもまたその話に乗ってきた。

「わからないんだ。てっきりウチの大学だと思ってたんだけど」

「ウチの大学って言ってたんだ？」

「いや、ノートを貸してほしいと言われたので……」

できれば桃香の話題は避けたかったのだが、聞かれては答えないわけにいかず、幸喜はなんとか『詐欺』の部分には触れないようにと内心冷や汗をかきながらも応対していた。

「美男美女で目の保養だったのに」

女子の一人がそう言い、それに皆が頷く。

「美男……って僕？」

まさか、と思わず聞き返すと、その場にいた皆は顔を見合わせたあと、どっと笑った。なんだ、からかわれたのかと恥ずかしくなり、話題を変える。

「ところで引っ越し先を探しているんだけど、どこか即入れるところ、ないかな？」

「引っ越し？　最近したんじゃなかったっけ？」

友達の一人が驚いたように目を見開く。彼には定期券の買い方を聞いたのだった、と思い出し、幸喜は嘘《うそ》にならない範囲で答えることにした。

「やっぱり大学の近くのほうが楽だと思って」

「そりゃそうだよ。最初からわかってただろうに」

「清瀬君《きよせくん》ってちょっとぼんやりしたところあるよね」

皆にからかわれたものの、中の一人が、

「ウチのアパート、ちょうど今、学生の入居者を募集しているよ」

と教えてくれた。

「卒業と同時に出る契約だけど、家賃も格安だし部屋も広いよ。家電もついてる。大学までは徒歩五分。それに敷金礼金もとらないという」

「え、それいいじゃん！」

「俺が住みたい！」

他の学生が手を上げるも、

「お前は家賃を滞納しそうだからダメ」

と断られ、場に笑いが起こる。

「引っ越すんなら大家さんに話、繋《つな》ぐよ」

「ありがとう。お願いすることになると思う」

運良くアパートが見つかったことを幸喜は喜んだ——はずだった。条件も物凄くいい。敷金礼金がかからなければ、桃香に持ち逃げされた三十万円なしでもすぐ引っ越しはできる。

何から何まで希望どおり。これ以上ないほどのいい物件だ、と心弾んでもいいはずなのに、幸喜の胸は少しも躍らなかった。

「一応、大家さんにラインしとく。人気物件だから決まっちゃうかもしれないし」

「あ、ありがとう」

礼を言いながらも、決めてしまっていいのだろうかと躊躇いが生じ、

「清瀬が住まないなら俺が住む！」

と手を上げる者がいることに安堵する。

「まあ、帰ってからだよな。自分の目で見てから決めたいだろうし」

面倒見のいい学友は、清瀬の躊躇いをそう解釈したらしく、気を悪くするでもなく笑って幸喜の肩を叩《たた》いた。

「ありがとう。本当に助かる」

気を遣わせて申し訳ない。心の中で謝罪しつつ礼を言った幸喜の横から、別の学生が、

「事故物件とかじゃないよな？」

と確認をとったのをきっかけに、話題が事故物件に流れていく。

「俺、昔事故物件に住んでたんだけどさ」

「ちょっとー、昼間っから怪談はやめてよね。大学の寮、古いんだから怖いじゃない」

わいわいと騒ぐ皆の話に笑顔で混ざりながらも、幸喜の胸には空虚感が広がっていた。

ゼミの合宿は、中軽井沢にある大学の寮を使うことになっていた。三つのグループに分かれ、土曜日の午後はそれぞれグループごとに準備をし、日曜日の午前中に教授や皆の前で発表する。

幸喜たちの班はそのスケジュールを見越して、既に発表の準備を終えていた。理由は軽井沢を散策したいという希望がグループ内で出たためで、昼食を食べたあとに幸喜たちは寮を出て、各々、行きたい場所に向かうことになった。

幸喜は特に行きたいところがなかったのだが、観光する気にはあまりなれなかったので、これという目的はなく街を散策しようということで軽井沢銀座に向かう三人と行動を共にすることにした。

「夏前だけど、けっこう人、いるんだな」

普通の土日なのに、ときょろきょろしていた学友が、「あ！」と高い声を上げる。

「え？」

「どうした？」

他の二人が問いかける中、声を上げた学友が幸喜をバッと振り返った。

「今、いた！　桃香ちゃんだっけ？」

「ええっ？」

まさか、と目を見開いた幸喜の横で、他の学友が、

「マジか？」

「見間違えじゃないの？」

と訝《いぶか》しげな声を上げる。

「間違いないって。あのパン屋に入っていったよ。その……男連れだったけど」

「男連れ！」

「それは……」

他の二人が躊躇う声を上げる中、また詐欺を働こうとしているのでは、と気づいては放っていられなくなった。

「ちょっと行ってくる！」

「え⁉　行くのか？」

「清瀬？」

啞然《あぜん》とする学友たちを残し、幸喜は桃香が入っていったというパン屋に向かって走った。

「待てよ、清瀬」

「落ち着けって」

学友たちもあとを追ってくるが、振り返って説明する余裕も術《すべ》も幸喜は持っていなかった。

店に駆け込み、店内を見渡す。

「桃香！」

間違いない。彼女だ。トングを使ってパンをトレイに載せようとしていた横顔を見た瞬間、幸喜の口からは大きな声が発せられていた。

「えっ？」

桃香がはっとした顔になり、幸喜を見やる。

「あっ」

幸喜に気づいた瞬間、桃香は見るからに焦った様子となった。

「桃香、知り合い？」

横に立つ、桃香と共にパンを選んでいたらしい男が、不思議そうに桃香の顔を覗き込む。

「美少年じゃん。桃香も隅に置けないな」

「ち、違うから……っ」

焦った声を出している桃香を見てはもう黙っていられなくなり、幸喜は彼女に駆け寄ると大きな声を上げていた。

「どういうつもりだったんだ！」

「え？　修羅場？」

横の男が戸惑った声を上げ、幸喜を追ってきた学友たちもまた、驚いた様子で、

「清瀬」

「どうした」

と声をかけてくる。

人気の店らしく、店内に大勢いた客たちの視線も集めてしまっていることに気づかないほど、幸喜は興奮していた。

「僕はともかく、テオをどうして騙《だま》した？　酷《ひど》いじゃないか」

「ちょ、ちょっと待って。あの……」

「テオって誰？」

あわあわとなる彼女に、横の男が問いかけ、幸喜の学友たちもまた、

「テオ？」

「二股？　え？　三股？」

と更に驚いた声を上げる。

「テオは君を探している！　警察には頼まず、自分で探したいと。君を逮捕させたくないんだ、彼は」

「け、警察!?」

「どういうこと？」

桃香と一緒にいた男や、幸喜の学友たちだけでなく、店中の人間が今やざわめき、桃香を糾弾する幸喜へと注目していた。

「桃香、お前何やっちゃったの？」

横の男が青ざめ、桃香に問いかける。

「わかった！」

と、それまで、動揺しまくっていたせいか、まともな発言ができていなかった桃香が、凛《りん》とした声を張り上げた。

「えっ」

大声を出したわけではないのに彼女の声は店内に綺麗に通り、場がしんとなる。

「説明するから。一緒に来て」

桃香が真っ直《ます》ぐに幸喜を見つめ、そう訴えかけてくる。

「どこに？」

丸め込もうとしているのではないか。案じた幸喜に桃香は、

「ちゃんと説明するから。あまり時間の余裕がないのよ」

と更に言葉を重ねてきた。

「おい、清瀬」

「どうした？　本当に」

「大丈夫か？」

学友たちが口々に心配そうに問いかけてくる。

「本当に時間がないんだ。心配だったら友達も一緒に来るといいよ」

桃香と共にいた男が笑顔でそう、声をかけてくる。百八十センチ以上の長身の、スポーツマンタイプのイケメンだった。彼も桃香に騙されているのかと思うと、まずはそれを教えてやらねば、と幸喜は口を開きかけたが、

「ちょっと会計すませてきて。私、先に行ってるから」

桃香は彼をレジへと向かわせ、改めて幸喜を誘ってきた。

「お願い、一緒に来て。すぐ近くだから。そっちの子たちも一緒でいいから」

「……わかった」

騙されるものかと思いながら頷いた幸喜の横で、学友たちは訝しそうにしながらも、

「来いと言われるなら行きますけど……」

と同行を引き受けてくれた。

「こっちよ」

桃香は完全に開き直っているように見えた。短くそう言うと先に立って歩き出す。

「清瀬、どういうことなんだ？」

「警察って？」

あれこれ問うてくる学友に答える間がないほど、桃香の歩く速度は速かった。

「撒《ま》かれる」

「急げ」

学友たちの意識は桃香へと向かい、ほぼ駆けるような歩調で進む桃香のあとを追った。

「ここよ」

桃香が足を止めたのは、外装も新しい大きな建物の前だった。

「コンサートホール？」

「私たちは小ホール。こっちよ」

桃香はキビキビとした口調でそう言うと、足早にホール内へと入っていった。幸喜らも慌てて彼女のあとを追う。

そのまま桃香は小ホールの中に入ったが、まだ上演前のようで観客は誰もいなかった。舞台の上で役者らしい数名の男女が、それぞれ発声練習をしている。

一体どこに連れてこられたのかと戸惑いながらも桃香に続き、ステージに向かうと、桃香の姿に気づいた一人の男が声をかけてきた。

「桃香、俺らのメシは？」

「ユキオがあとから持ってくる。それより代表、彼、清瀬幸喜君です」

「え？　誰だって？」

『代表』と呼ばれた男は三十代半ば、痩《や》せ型で長身の男だった。長く伸ばした前髪を掻《か》き上《あ》げ、不思議そうに幸喜を見やった次の瞬間、

「あーっ！　清瀬幸喜君！」

と、幸喜の名を大声で呼んだあと、慌てた様子でステージから飛び降りてくる。

「はじめまして。僕はこの劇団の代表で藤村《ふじむら》といいます。彼女はウチの劇団員の佐藤《さとう》桃香君。いや、でもどうしてここに？」

外国人のように彫りの深い顔立ちをした彼もまたハンサムだった。驚いている様子の藤村を前に、驚くのはこっちだ、と幸喜はまたも大きな声を上げていた。

「桃香が劇団員!?」

「そうだよ」

「代表、ちゃんと説明してくださいね。そうじゃないと私、警察に連れて行かれそうなんで」

桃香が藤村を振り返り、そう言い捨てると、

「着替えてきます」

と奥へと向かっていった。

「警察……ああ、確かにそうだよね」

藤村は納得した声を上げると、改めて幸喜へと視線を向けてきた。

「ゆっくり説明したいんだけど、何せあと三十分でゲネプロを始めないといけないんだ。このホール、終わり時間にうるさくてね。ああ、そうだ！」

ここで藤村が、妙案を思いついたという声を上げ、笑顔で幸喜の両肩を摑む。

「是非、それを観ていってくれ。そのあとのほうが話が通じやすいと思うから」

「ゲネプロってなんですか？」

幸喜のかわりに学友が彼に問いかける。

「リハーサルのこと。通しでやるから二時間くらいかかるかな」

「二時間」

「夕食にかかっちゃうな」

「さすがに教授に怒られそうだ」

学友たちが困ったように顔を見合わせる。

「僕一人で大丈夫だから。そのかわり、教授やみんなにうまく誤魔化しておいてもらえるかな。事情はあとで話すから」

「大丈夫か？」

「まあ、表に看板も出てたし、劇団というのは間違いなさそうだけど……」

学友たちは気にしていたが、桃香を見つけた幸喜にはこの場に『残らない』という選択肢はなかった。

「何かあったら電話するから大丈夫」

なんとか学友三人を説得し、一人居残ることに成功した直後、舞台の上から桃香のよく通る声が響く。

「幸喜君、色々ごめんね。でもゲネプロ観てもらえればきっとわかってもらえると思うから」

「…………」

何がわかるというのか。詐欺に遭った理由が？　やはり一人で残ったのは間違いだっただろうか。このまま言いくるめられてしまったらどうしよう。

不安が胸を過《よぎ》ったが、桃香を見つけ出したことにかわりはない。ゲネプロ中に逃げられたとしても、この劇団という手がかりが残っていれば、きっと探しようもあるだろう。

「代表、遅くなってすみません。俺、金ほとんど持ってなくてパンこれしか買えませんでした」

と、そこに先程パン屋で会った桃香の連れが後方の扉から入ってきた。

「倉木《くらき》、お前も早く支度しろ。今日のゲネプロには一人関係者を招いたから」

「え？　関係者？」

きょとんとした顔になった男——どうやら倉木ユキオというらしい——が、もしや、という表情になり視線を幸喜へと向けてくる。

「君？」

「いえ、違います」

自分はこの劇団にとってまったくの『無関係』だと思う。関係があるのは桃香だけだ、と首を横に振った幸喜をちらと見たあと、藤村が声を張り上げる。

「二十分切ったぞ。準備はいいか？」

その場にいた皆が口々に、『はい』だの『大丈夫です』だのと、大きな声で答えている。

「それじゃあ清瀬君はこっちに」

藤村は笑顔でそう言うと幸喜を客席へと導いた。

「どこに座ってくれてもいいけど、一番見やすいのは八列目のセンターかな」

この辺ね、と藤村はそう言うと、自分もまたその近くの席に腰を下ろした。二つ席を空け、幸喜も八列目に腰を下ろす。

「ああ、そうだ。ちょっと一本電話、入れてくる。ついでに飲み物を買ってくるよ。何がいい？」

と、藤村が立ち上がり、笑顔で幸喜に問うてくる。

「あ、おかまいなく……」

「遠慮しなくていいよ。コーヒーでいい？」

「はい。あの……」

ゲネプロを観ればわかる。それはどういうことなのか。説明してほしいと告げるより前に藤村は足早に立ち去っていき、あとに残された幸喜は一人、己の選択は果たして正しかったのかとより一層の不安を胸に、間もなくゲネプロが始まる舞台を見つめることしかできずにいた。

8

幸喜が最後に舞台で観た演劇は、中学生のときの学校行事であった歌舞伎座見学だった。こうした小劇場での芝居を観るのは生まれて初めてで、観るだけだというのに幸喜は少し緊張してきてしまった。

「どうぞ」

戻ってきた代表が、幸喜に缶コーヒーを差し出してくる。

「ありがとうございます」

「……お願いがあるんだけどね」

礼を言った幸喜に対し、劇団代表の藤村が言いにくそうな顔で口を開く。

「……なんでしょう？」

理不尽な『お願い』だとしたらきっぱり撥《は》ねつけねば。身構えた幸喜に対し、藤村は、

「いやいや、変なお願いじゃないよ」

と幸喜の心情を察したらしく、慌てた様子で首を横に振ると、改めて『お願い』を告げ始めた。

「これから本番と同じように通すので、途中で中断させたくはないんだ」

「……はあ」

何をお願いされるのだろうと思いながら聞いていた幸喜は、続く藤村の言葉を聞き、さすがにそのくらいの常識はある、と少しむっとしてしまった。

「もしも芝居の内容に思うところがあっても、大声を上げたり僕に説明を求めたりはしないでもらえるかな」

「大丈夫です。邪魔はしません」

「気を悪くしたのならごめんね」

藤村にはそれも見抜かれたらしく、言葉どおり申し訳なさそうな顔で謝ったあと、すっくと立ち上がり、舞台に向かって声をかける。

「五分前だ。スタンバイできたか？　気合い入れていけよ！」

「はい！」

「やります！」

役者やスタッフたちが口々に返事をすると、客席の明かりが消え、舞台上に未だ下がっていた幕をスポットライトが照らした。

「照明よし。音声は？　誰か、マイク！」

舞台に向かって叫ぶと、

『騙してごめんなさい！』

と言う女性の声が舞台袖から響いてきた。

「……っ」

この声は桃香だ。思わず息を呑んだ幸喜は、ちらと藤村に視線を送られ、慌てて唇を噛《か》むと漏れそうになった声を口内に抑え込んだ。

「よし、いこう。開演！」

藤村が声を張り上げた瞬間、幕がゆっくりと上がっていく。

『ねえ、君、渡辺《わたなべ》君だっけ？　これ、落としたんじゃない？』

舞台下手《しもて》から、桃香とパン屋で一緒にいた倉木という男が上手《かみて》へと向かう。と、舞台袖から桃香の声が響き、彼女が姿を現した。

『え？』

『このボールペン。今、落とさなかった？』

『いや、こんな高そうなボールペン、僕持ってないですよ』

『あ、そうなんだ。ごめんごめん、てっきり君が落としたのかと思った。ねえ、一緒に帰らない？』

観ているうちに桃香と倉木――それぞれ役名は違ったが――は大学生で、同じカフェでバイトをしていることがわかってきた。

ボールペンのやりとりをきっかけに、二人は付き合い始める。

倉木は病床に伏していた母と二人貧しく暮らしていたのだが、その母が一年前に亡くなったあとはたった一人、アルバイトで生計を立てつつなんとか大学を卒業しようとしている苦学生だった。

そんな彼の前に現れた美少女、桃香の明るさに倉木は惹《ひ》かれ、彼女に告白され付き合い始める。

『夢みたいだ。あんな素敵な女の子が僕を好きだなんて。僕の人生にそんな幸運が舞い込むなんて』

つらい人生を歩んでいたことが演技から伝わってきていたこともあり、幸喜は舞台上の倉木に対して、心から祝福を送った。が、倉木の幸運は長く続かない。

『実は私、アパートの立ち退きを迫られてるの』

『君も？　実は僕もなんだ。半年後なんだけど』

『ねえ、それなら一緒に住まない？』

「…………え…………？」

ある日、桃香が倉木にそう切り出す。身に覚えがありすぎるやり取りに、幸喜の口から思わず声が漏れそうになった。が、始まる前、藤村から注意を受けていたことを思い出し、慌てて口を押さえる。

『一緒にって……』

『いいアイデアだと思わない？　家賃も光熱費も二人で住んだほうが得だし。そうだ、そうしましょう。いいでしょう？　私たちの仲じゃない』

「……っ」

まさにあのときの会話そのものだ。一体自分は何を見せられているのかと、幸喜は食い入るように舞台を見つめた。

倉木は桃香に押し切られ、二人の同棲《どうせい》が決まる。まさか、と思っていた幸喜の目の前で、まさに自分の身に起こったことが繰り広げられていった。

一体どういう芝居なのか、これは。ノンフィクション？　桃香が自分を騙した経緯を舞台化したのか？

犯罪を舞台に？　そんなの許されるのか？　話が進むにつれ幸喜の中で憤りが増していく。

自分が体験したとおりに、倉木は敷金と礼金、それに一ヶ月分の家賃を折半した金額を桃香に渡した。

しかもその金は倉木がアルバイト先の嫌みな店長に頭を下げまくり、なんとか前借りしたものだったのに、ポストに入っていた鍵《かぎ》と地図を頼りに向かった先に桃香はいなかった。

『君は……誰だね』

豪華なマンションの一室にいたのは金髪碧眼《へきがん》の美青年——ではなく、老紳士だった。

『あなたこそ、誰なんです？』

戸惑いながら問いかけた倉木に老紳士は『瀬尾《せお》』と名乗り、この部屋は桃香と自分が暮らすために用意をしたものだと告げ、倉木を驚かせる。

まるで一緒だ。苦々しい思いでその様子を観ていた幸喜の脳裏に、テオの顔が浮かんだ。彼は今頃何をしているのだろう。さすがにマンションには戻っただろうか。自分の書き置きは読んでくれたか。読んでどう思っただろう。ほっとしているのか。それとも――。

『それとも』の先が思いつかずにいた幸喜だったが、舞台で老紳士が、

『二人で詐欺師を探そうじゃないか』

と提案したことに驚いたため、我に返ることができた。

どういうことだ？　これまでの流れが桃香と自分の間に起こったことそのものであるのは、この芝居に桃香がかかわっているので納得できる。しかしテオが自分に『桃香を探そう』と切り出したことは、桃香は知らないはずである。

老紳士は裕福で、協力させるために、倉木にとってつらいばかりだったアルバイトを辞めさせ、桃香を探す旅に同行させる。

老紳士は桃香との思い出の場所に倉木を連れていくが、時々偶然、倉木と母との思い出の場所とかぶり、その土地で倉木は老紳士に母との思い出を語り、老紳士からは桃香との思い出を聞く。

次第に倉木は、桃香に騙されたことがどうでもよくなっている自分に気づく。老紳士と旅をするのは楽しい。しかしもし老紳士もまた、桃香のことを許し、探すのはやめようという思いに至ったら、こうして旅することもなくなってしまう。

そのほうが悲しい。なぜか老紳士といるときに心の安らぎを感じてしまうという倉木のモノローグに幸喜は自分のテオへの気持ちを重ねていた。

そうだ。共に過ごすうちに気持ちがどんどん傾いていった。彼のために朝食を作るのは楽しかった。京都旅行やイタリアンレストラン。高額であることには負い目を感じたが、楽しい思い出しかない。

自然と涙ぐみそうになっていた幸喜の目の前で、老紳士が心臓のあたりを押さえ、倒れる。体調が悪そうな描写はあった、と、いつしか舞台の世界に入り込んでいた幸喜は、病院に担ぎ込まれた老紳士の命が助かることを、倉木と共に祈った。

と、そこに現れたのは――。

『君は……』

倉木が愕然とした声を出す。幸喜もまた驚いて見つめる先にいたのは、ナース服を身につけた桃香だった。

桃香は老紳士が一命を取り留めたと倉木に告げたあと、告白を始める。彼女が倉木を騙したのは、すべて、老紳士の策略に協力したためだった。

老紳士は倉木の母の父、つまりは祖父で、余命幾ばくもない。自分の命が間もなく尽きると知った彼は、意に染まない結婚をしたため勘当した娘の行方を探し、娘が既に鬼籍に入っていることを知った。

娘の忘れ形見となった一人息子が貧しさゆえ苦労をしているのを見かねてなんとか手を差し伸べたいと願った。しかし母から自分のことを聞いていたらきっと疎ましく思うに違いない。どうやって身の上を明かさずに支援できるか。悩んでいた老紳士は気立てのいい担当看護師に相談、ミステリー好きの彼女と協力し作戦を立てた。

同じ結婚詐欺師に騙されたことにし、社会的地位から警察には届けたくないと、老紳士が倉木を説得、共に詐欺師の行方を探すことにする。

それぞれ、詐欺師の女性との思い出の地を訪れることにすれば交流も芽生える。二人の思い出も作れよう。

突拍子もない計画だと思いはしたが、自分の命が尽きることがわかっているので無茶をする気になったと言っていた。涙ながらに語る桃香の言葉に倉木は涙する。

『知らなかった。母は何も言わなかった。最初から言ってくれれば、僕は……っ』

舞台の上で倉木がくずおれ、泣きじゃくる。彼の涙に誘われ幸喜もまた涙を流していた。

祖父と孫とわかったあとに、初めて老紳士と倉木は顔を合わせる。残された時間はわずかだが、わずかなだけに密な時間を過ごそう。老紳士が伸ばした手を倉木が取り、二人で涙ながらに見つめ合うのを看護師の桃香が温かい目で見つめているうちに幕は下りた。

「………これ……は……」

ラストシーンが近づくにつれ、舞台に感動しながらも幸喜の頭には戸惑いと疑問が渦巻いていた。

「どうだった?」

呆然《ぼうぜん》とした状態でその場に座っていた幸喜に、藤村が声をかけてくる。

「お、面白かったです！　ですが……」

あまりに自分の実体験と被りすぎている。ということは、という『答え』に幸喜は到達しつつあったのだが、劇中で演者たちが口にしていた台詞《せりふ》のように、あまりに突拍子もない、と確認を取る勇気を失っていた。

「よかった。明日、初日を迎えるだけに観客の反応は気になっていたんだ。面白いと言ってもらえてほっとしたよ」

藤村が安堵した顔になったあと、

「お前はどうだった?」

と後方のシートを振り返る。

「……まあ、面白かったよ」

「……っ」

聞き覚えがありすぎるほどある声に幸喜が振り返ったと同時に、客席の明かりがぱっと灯《とも》る。

「テオさん……」

目に飛び込んできた人物の名を、思わず幸喜は呼んでいた。

二度と会うことはないと思った彼がこの場にいる。どうしてそんな奇跡が起こったのだとただただ呆然としていた幸喜に向かい、テオがゆっくりと歩み寄ってきた。

「コーキ、悪かった。君を騙して」

「……ということは……」

やはり自分が考えたことが『正解』だったということか。自分が体験したのは今観たばかりの舞台そのものだったと。

だとすると——。

「お……じいさん……？」

呼びかけた先、テオが、まるで漫画のようにずっこける。

「僕は二十五歳だから」

「あ、そうですよね」

さすがに二十歳となった自分の祖父の年齢には見えない。勘違いを詫びたあと、またも、もしや、という可能性に気づいた幸喜は、焦ってテオに向かい身を乗り出し問いかけた。

「余命幾ばくもないんですか⁉」

「いや、大丈夫。人間ドックの結果もオールAだ」

またもずっこけてみせながら、テオがそう言い、やれやれ、というように溜め息を漏らす。

「確かにこの舞台と同じく、桃香の協力を得て僕は君との距離を詰めようとした。理由は祖父だからでもなければ余命幾ばくもないからでもない。ただ、君が好きだから。それだけだ」

「……え？　僕が……え……？」

信じがたい言葉は素直に幸喜の耳に響かず、意味を解することができなくなった。

「だから。カフェで働く君に一目惚れをして、なんとか距離を詰めたいと願ったんだ。それを昔からの友人の藤村に相談したら、今度上演する芝居と同じ案を使ったらどうだと提案され……」

「いやいやいやいや。待ってくれ。あれは酔った勢いだ。なーんちゃって、で終わるところをお前が本気になったんだろうが」

藤村が呆れた様子で口を挟んでくる。

「公演の資金を調達するからと桃香まで駆り出させて」

「無理なく知り合えるいい手だと思ったんだ。この舞台ほどじゃないがコーキも苦学生だったし、下心がない状態でも手を差し伸べたかった。でもまったく知らない外国人が『援助する』と言ったところでドン引きされて終わりだろう？」

「結婚詐欺にあったら普通は警察に届けるよ。清瀬君が素直で助かったな」

藤村がそう笑い、幸喜を見る。

「……僕も警察に届けようとは言いました。一応……」

聞けば聞くほど騙された、という実感が増してきて、幸喜は次第に不機嫌になっていった。

「まあ、許してやってくれよ。店の外から見かけたカフェの美貌のギャルソンに懸想したが勇気がなくて声をかけることができなかったというのに、こんな馬鹿げた……おっと失礼、こんな強引な作戦を実行したんだ。馬鹿ともアホとも好きなように罵《ののし》ってくれていいが、気持ちが本物だということは保証するよ」

藤村のフォローの言葉には逆に怒りを煽られる。ますます不機嫌になってしまっていた幸喜の目の前まで歩み寄ってきたテオがその場で直立不動となったあと、深く頭を下げてくる。

「本当に申し訳なかった。君をからかおうとしたわけじゃない。僕としても必死だったんだ。カフェには君目当ての女子大生が溢れているし、店長にも気に入られている様子だったのがまた気になった。我ながら無茶だとは思ったが、実際トライしてみたら驚くほどに上手《うま》くいったことで、暫くは夢を見させてもらおうという気持ちになった。いつかは打ち明けなければいけないと覚悟はしていたが、君に拒絶されるまではこのまま、共にいたいと……」

「では……では……その……」

昨夜の行為はなんだったのだ、と聞きたいが、ゲネプロを終えた今、劇場内にはあまりに大勢の人間がいた。

「テオ、ここは間もなく出なきゃならないんでな。お前のホテルにでも連れていって続きを話したらどうだ？　どうせ宿泊予約はとったんだろう？」

「ああ。本当に知らせてくれてありがとう」

テオが藤村に笑いかけたあと、改めて幸喜に手を差し伸べてくる。

「君の時間を少しだけもらいたい。宿泊を共にしようとは言わないよ。夕食後、ちゃんと君の宿舎まで送り届けるから」

真摯《しんし》な表情、真摯な声音はそのまま、テオの真剣さを物語っていた。

「……わかりました……」

幸喜としても確かめたいことはあった。もしも答えを与えてもらえたら信じがたいほどの幸運が我が身に降りかかるかもしれない。だが油断は禁物だ。互いの考えは口にしない限り、正解には辿り着けないのだから。

期待外れに終わったとしても取り乱すことがないよう、しっかり気持ちを保っていよう。自身にそう言い聞かせながら頷いた幸喜の耳に、

「あのお」

という可憐な女性の声が響いた。

「桃香さん。色々ありがとう」

幸喜が振り返るより前に、テオが彼女に声をかける。が、桃香はテオには答えず、真っ直ぐに幸喜を見つめたあと、頭を下げた。

「騙してごめんなさい。あなたから預かったお金はテオさんに渡してあるから……ほんと、いたいけな子供を騙しているようで心苦しかったわ」

本当にごめんなさい、と頭を下げる桃香の横で、藤村がフォローの言葉を口にする。

「桃香も劇団のために協力してくれただけなんだ。君と年齢の近い弟がいるそうでね。随分と気にしていたよ」

「年上……だったんですね」

『弟』ということは、と告げた幸喜に桃香は、ふふ、と笑い肩を竦めた。

「随分と上よ。今年三十。女子大生のふりをするのは正直、キツかったわ」

「え？　三十……？」

年下にすら見えていたのに、と驚きからつい声を漏らしてしまった幸喜を、桃香がじろ、と睨む。

「女性の年齢については深掘りするものじゃなくってよ」

「す、すみません。びっくりしてしまって」

「どう？　代表、私の演技力」

途端に桃香が藤村に向かい胸を張る。

「ああ、君の演技は素晴らしかった。しかし今日の舞台の第八場、あそこはちょっとわざとらしいな。もう一度軽くあわせてみるか。まだ会場の時間、大丈夫だよな？」

藤村が声を張り上げ、後方から「大丈夫です」というスタッフらしき人の声が答える。

「ここにいては邪魔なようだ。さあ、行こう」

その様子を見るとはなしに眺めていた幸喜だったが、テオに声をかけられ意識を彼へと向けた。

「はい」

優しい笑顔を見るとどうしても期待してしまう。ときめく胸を軽く手で押さえながら幸喜はテオに頷き、彼と共に劇場を出た。

建物の外にいたタクシーに乗り込み、テオが向かった先は旧軽井沢にある外資系のラグジュアリーな雰囲気漂うホテルだった。

「ウチの大学の寮とは雲泥の差です」

広々とした客室を見回し、感嘆の声を上げた幸喜に、テオが悪戯《いたずら》っぽく笑いかけてくる。

「いっそここに泊まる？」

「いや、教授に怒られます」

「だよね」

普通に会話をしていることが嬉しい。笑い合いながら幸喜は改めて、自分にとってのテオがどういう存在なのかを考えていた。

「まずは何か飲もう。シャンパンでいい？」

「あ、いえ。寮に戻ったとき酔っ払っていたらマズいので」

アルコールを避けた理由は本当にそれだけだったのだが、テオは深読みをしたようで、彼の表情が一瞬強張《こわば》った。が、すぐに笑顔になると、

「それなら僕も何かノンアルコールのものを飲もう」

と冷蔵庫へと向かう。

「ジュースにする？　なんでもありそうだよ」

選ぶといいと言われ、幸喜は林檎《りんご》ジュースを、テオはガス入りのミネラルウォーターを選び、それぞれを手にソファへと向かう。

「改めて詫びさせてくれ。君を騙したことを」

テオはそう言うと幸喜に向かい深く頭を下げた。

「いえ、それはもういいんです」

驚きはした。だが『一目惚れされた』という言葉のほうが嬉しかった。自分目当ての女子大生がいるだのといった誤解もあるし、何より『美貌のギャルソン』というのが本当に自分のことなのかという不安もあるが、間違いなくテオは自分を好きなのかと、幸喜はそれを確認しようと彼の顔を覗き込んだ。視線に気づいたテオが顔を上げ幸喜を見返す。

「あの……本当に僕が、その……」

好きなのでしょうか、と聞きたいがいざ口にするとなると恥ずかしい。口ごもった幸喜はつい俯《うつむ》いてしまったのだが、膝に置いていた手にテオの手が伸びてきたのには驚き、思わず顔を上げた。

「君が好きだ。一目惚れだった。なんとか君に近づきたくて、愚かな方法をとってしまったが、君を好きだという気持ちは本物だ」

「……信じられません……なんだか……」

テオの瞳にはこれでもかというほどの真摯な光がある。強い光に煌めくその瞳は本当に美しく、こんな美しい人がなぜ自分など、という思いが幸喜の唇から漏れた。

途端にテオが悲しげな顔になり、幸喜の手を握る指に力が籠もる。

「ふざけた方法をとったことで信用を失っているのかもしれないが、僕の気持ちは本物だ。惹かれたきっかけは君の美しい容姿だったが、共に過ごすうちに真面目で謙虚な人柄や、思いやり溢れる優しさに気持ちはどんどん膨らんでいった」

熱っぽく語るテオの口調は真剣で、表情は『必死』としかいいようのないものだった。

「あの、違うんです。信じられないというのは、あなたみたいな素敵な人が、僕なんかを、という意味で、あなたがふざけているとか、そういうことじゃないんです」

誤解させてしまったのが申し訳なく、幸喜は慌ててテオの言葉を遮ったのだが、それを聞いた途端、テオが憤ったようにこう告げ、幸喜の言葉を制した。

「『僕なんか』などと言ってほしくないよ。言っただろう？　自己卑下してもいいことは何もないと。君は素敵だ。僕の言葉を信じてほしい」

「……あ……りがとうございます」

怒られてはいたが、幸喜は嬉しかった。自分がテオに相応《ふさわ》しい相手かはわからないが、テオの言うとおり、自分を好きだと言ってくれた、その言葉は信じたいとテオを見つめる。

「本当に君は素敵だ。酔った君は本当に可愛かった。それでつい、昨夜は……」

幸喜の視線を受け止め、テオは言葉を続けていたが、ここで少し困った顔になり、じっと目を見つめてきた。

「君の気持ちも確かめず、すまなかった。君は驚いた？　いやだった？　いやだったから部屋を出ると言い出したのか？」

「……いえ……」

テオは思い詰めた顔となっていた。また誤解を生みたくないと幸喜は、正直な気持ちを告げることにした。

「朝起きたらあなたがいなかったので、てっきり僕はあなたが間違えたのかと思ったんです」

「間違えた？　何を？」

テオが戸惑ったように目を見開く。

「桃香と間違えて僕にキスをしたり、その……」

ベッドに運んだり、胸を触ったり、更なる行為に及んだり、と言いかけた幸喜は、

「あれ」

と今更の疑問に気づいた。

もし桃香と間違ったとしたら、さすがに裸にしたときに我に返るのではないか。胸への愛撫はギリギリありだとしても——桃香は決して貧乳ではなかったが——女性と思っていたのだとしたらペニスを握ることはしないだろう。

「どうしたの？」

テオが戸惑った表情になり、幸喜の顔を覗き込んでくる。

「いえ……僕はてっきりテオさんは、酔っ払っていたせいで僕と桃香を間違えたんじゃないかと思ったんです。だから朝、いなかったのかなと。顔を合わせづらいと思ったに違いないと、そう考えたんですが……」

「あれは本当に申し訳なかった」

幸喜の答えを聞き、テオはまたもその場で深く頭を下げてきた。

「テ、テオさん？」

いきなりの謝罪、それも深すぎる頭の下げ方に、幸喜は驚き思わず高い声を上げる。

「違うんだ。昨夜君をベッドに運んでその……色々してしまったあと、あどけない顔で眠る

君を見ているうちに、とんでもない罪悪感に見舞われてしまって……」

頭を下げたままテオが懺悔《ざんげ》を始める。

「君の意識がないのをいいことに、邪《よこしま》な行為をしてしまった。君にきちんと告白してからキスも、それ以上のこともするべきだったのにと猛省したのと同時に、その……」

ここでテオが言いづらそうに口を閉ざし、ちら、と顔を上げて幸喜を見る。

「なんですか？」

部屋にいなかった理由が他にあるのなら聞きたいと、先を促す。と、テオはまた目を伏せると、

「引かれることを覚悟で言うが……」

と前置きをしてから、ぼそりとこう言葉を足した。

「猛省していたのに、身体は正直で……これ以上君の傍にいたら我慢できずに抱いてしまうと、自分を抑えることができなかったので物理的な距離を置くことにしたんだ」

「…………」

想像もしていなかった『理由』に、幸喜は思わず声を失った。

「……軽蔑するか？」

無言でいることに不安を覚えたらしく、テオがおずおずと顔を上げる。

「……いえ、その……どこにいたんです？　昨夜……」

寝室を出るくらいでは駄目だったのだろうか。または自分をリビングに運ぶとか。駄目だからこそマンションを出たのだろうと思いながら問いかけた幸喜にテオは、

「オフィスだよ」

とまた、予想外の答えを返してきた。

「オフィス？」

「ああ。仕事に没頭することで己を律しようとした。君が今日から軽井沢に行くとわかっていたので、冷却期間をおいてから改めて謝罪をし、そして告白をしようと心を決めていたんだ。今まで騙していたことも、君をずっと好きだったということもすべて打ち明け、君からのジャッジを待とうと思っていた。突拍子もない話だから信用してもらえるか不安だったんだが、幸い——といっていいのか、藤村や桃香さんのおかげでこうしてわかってもらえた」

テオは一気にそう言ったあと、幸喜を改めて真っ直ぐに見つめ、問うてきた。

「君の正直な気持ちを聞きたい。僕の想いは迷惑だろうか？」

「それは……」

迷惑なものか。今朝、あれだけ泣きじゃくった自分に教えてやりたい。幸喜の顔には今、彼の気持ちがそのまま表れており、それはテオにも正しく伝わったようだった。

「実は僕は少し期待している。君のその顔を見て」

にっこりと微笑んだテオが、幸喜に手を差し伸べる。

「君が好きだ。コーキ。よかったらこれからもずっと傍にいてほしい。部屋を出ることなく一緒に暮らしてほしいんだ」

「……はい……っ」

喜んで。大きく頷いた幸喜の前で、テオはこの上なく嬉しげな顔になったかと思うと、幸喜の腕を摑んで己へと引き寄せ、きつく抱き締めてきた。

「好きだ。コーキ。ずっと君が好きだった」

熱く囁いてくるテオの声音が耳朶《じだ》に響くのに、幸喜もすっかり昂揚し、胸に溢れる想いがそのまま、唇から零《こぼ》れ出た。

「……僕も……好きです」

「コーキ！」

テオが感極まった声を出し、幸喜の背を抱く腕に力を込める。

「困ったな。君を寮には戻したくなくなってしまった」

耳許でテオに熱く囁かれ、幸喜の気持ちもぐらつく。

「駄目です。戻らないと」

すんでのところで踏みとどまることができた幸喜は、それでも自分がどれだけテオを好ましく思っているかをしっかり伝えようと、テオ以上に強い力で彼の背を抱き締め返したのだった。

ゼミでの発表をサボるわけにはいかないと、鋼のごとき精神力を発揮し、大学の寮に戻った幸喜を待ち受けていたのは、学友たちの好奇心に溢れた眼差《まなざ》しだった。

特に劇場まで一緒にいった学友たちは幸喜の帰りが遅いことを心底心配してくれていた様子だったので、テオと二人で頭を突き合わせ考えた『嘘』を説明し、納得してもらった。

嘘といっても半分は『真実』で、女優の桃香は自分の役作りのためにW大に潜入し、舞台での相手役に似た雰囲気の僕を見つけたため、リアリティを追求するべく舞台どおりに振舞った。

舞台の脚本よろしく、ルームシェアを持ちかけたところ、単純な僕が話に乗ってきたので、今更引っ込みがつかなくなり、困った彼女は劇団の代表に相談、代表が友人知人にあれこれ声をかけて、僕とルームシェアをする相手を探してくれた。

これからテオと住むことへの辻褄《つじつま》合わせにもなっているこの話を学友は幸い、信じてくれた。その上で、

「清瀬は信じやすいんだよ」

「詐欺だったらどうするつもりだったんだ」

と、尚《なお》も心配してくれたため、学友を騙す罪悪感を覚えながらも幸喜はほっと安堵の息をついたのだった。

紹介してもらうはずのアパートも、幸喜の次に希望していた学友が住むことで無事に決着がつきそうだった。

翌日のゼミの発表も教授から高評価を得ることができ、そのことにも安堵しながら幸喜は帰京後、飲みに行くという皆の誘いを断り、勝どきのマンションを目指した。

「ただいま戻りました」

部屋には既にテオがいた。リビングのテーブルには美味しそうな、そして彩りもよい料理が盛り付けられた大小様々な皿が並んでいて、驚いた幸喜は思わず、

「どうしたんです、これ」

とにこやかな笑みを浮かべているテオを振り返った。

「僕が作った――と言いたいところだけど、ケイタリングだよ。ああ、それから君の部屋、見てこない？」

上機嫌のテオの頬が、笑いを堪えているのかぴくぴくと僅《わず》かに震えている。

「部屋ですか？」

ドレッサーとクロゼットで、布団を敷くスペースもなかった部屋に何か変化があるのかと

首を傾げながら幸喜はドアを開いたのだが、室内の光景はそれまでの様子とはまったく違っていた。

「ドレッサーは？　クロゼットは？」

それらは片付けられ、かわりに大型のディスプレイとノートパソコンが置かれたデスクや本棚がすっきりと並べられている。

「ドレッサーもクロゼットも桃香さんに差し上げたよ。お礼の一環としてね。趣味が合わないから売ってお金にすると言われてしまったけど」

テオは笑ってみせたあと、

「桃香さん用に買ったんじゃなかったんですか？」

と問いかけた幸喜に向かい、少しバツの悪そうな顔で答えてくれた。

「部屋を家具で足の踏み場のない状態にしておけば、その……寝室で君と一緒に寝られるんじゃないかと期待したんだ」

「そ……そうだったんですか」

それはなんといったらいいのか。寝室はダブルベッドであるので、いくら寝る場所がなくても『隣で寝させてください』とはならないと思うのだが。心の中で首を傾げていた幸喜の前でテオは更にバツの悪そうな顔になると、

「桃香さんにも藤村にもドン引きされた。馬鹿じゃないかと」

と肩を竦めた。

やはりそうなるよな、と思わず噴き出した幸喜の前でテオは少し恥ずかしそうにしていたが、すぐに気を取り直したのか、

「この部屋は好きに使ってくれていいから」

と微笑んだ。

「寝室はできれば僕と一緒に。ダブルベッドに抵抗があるなら買い換えるよ」

どうだろう、とテオが幸喜の瞳を覗き込んでくる。

「あの……」

どう答えるか。幸喜は一瞬躊躇ったが、テオが残念そうな顔になったのを見ては、躊躇ってなどいられなくなった。

「あの、ダブルベッドで大丈夫です……いや、大丈夫というか、ダブルベッドがいいです！」

「コーキ」

それを聞き、テオの顔が喜びにぱっと輝く。相変わらず眩《まぶ》しい笑顔だ、と見惚れてしまっているうちに幸喜はテオの腕の中に抱き込まれてしまった。

「なぜこの部屋にベッドがないのかと言われたらどうしようかと思った」

「……僕は、嬉しかったんです。誕生日の日にテオさんにキスをされて……」

嬉しく感じたからこそ、桃香と間違われたのではと誤解したときには落ち込んだ。お互い

の気持ちが通じた今、テオと改めて抱き合うことへの期待がどれほど高まっているか。

テオ本人に伝えたい、と幸喜もまたテオの背を抱き締め、顔を見たいと思い上を向いた。

「愛してる」

テオが優しく微笑み、唇を落としてくる。

「ん……」

甘やかなキス。温かな唇の感触に幸喜は酔いしれそうになったが、すぐにテーブルに並んだ料理の皿々を思い出した。

「……まずは食事にしませんか？」

無駄にするのはもったいない。せっかく用意してもらったのだから、と僅かに身体を離し、テオに告げる。

「……君のそういう堅実なところも好きだな」

テオは笑ってそう返すと、名残惜《なごり》しそうに幸喜の背に回した腕を解きつつ、唇に触れるようなキスを与えてくれたのだった。


食事のあと、幸喜はシャワーを浴びたいと言ったのだが、テオに、

「もう待てない」

と寝室に連れて行かれてしまった。

「でも、結構汗をかいていますし……」

「かまわない。君の匂いを嗅《か》ぎたい」

食事の時に、テオはかなりワインを飲んでいた。気が急《せ》いて仕方がなかったからだと笑っていたが、酔いが彼をより欲望に忠実にしているのかもしれなかった。

寝室に入るとテオは幸喜の背を促し、ベッドへと向かった。

「脱がせていいかい？」

テオの頬は紅潮し、瞳は酷く潤んでいる。幸喜も少しワインを飲んでいたせいもあって、羞恥《しゅうち》を忘れることができ、

「自分で脱ぎます」

と躊躇うことなく答えることができた。

「わかった」

テオは少し残念そうにしたが、微笑み頷くとやにわに脱衣を始めた。幸喜もまた服を脱ぎ始めたが、視線を感じて振り向くと、既に全裸になっていたテオと目が合い、息を呑んだ。

テオのバランスのとれた美しい裸体を目の当《ま》たりにし、自分の貧相な身体が恥ずかしくなる。そして、とどうしても目線がいってしまう雄の見事さに、下着にかかった手が止まって

しまっていた幸喜に、テオはゆっくりと近づいてくると、そっとベッドへと押し倒した。

「ん……」

幸喜の唇を塞ぎながらテオは下着を摑んでいた手を上から掌で包み、そのまま引き下ろす。

「……っ」

露《あら》わになった雄にテオの指が絡みつく。軽く扱き上げられただけだというのに、背筋に電流のような刺激が走り、幸喜は思わず声を漏らしそうになった。

もともと幸喜は性的にはかなり淡泊で、自慰も滅多にしない。他人に雄を触れられたことも勿論なかった彼にとって、テオの手淫は刺激が強すぎ、早くも雄は完勃ちに近い状態になっていた。

恥ずかしい、と身を捩ろうにも体重でしっかり押さえ込まれているのと唇をキスで塞がれているせいで身動きをとることもできない。

キスも次第に情熱的になり、テオの舌は幸喜の口内を舐《ねぶ》りまくった上で、きつく舌を吸い上げるという獰猛《どうもう》なものに変じていた。

下肢《かし》のほうからくちゅくちゅという濡れた淫猥《いんわい》な音が響くのは、テオが握る己の雄が先走りの液を滴らせているからだろう。熱いくちづけが、嫌らしい音が、繊細なテオの指が、幸喜の欲情を一気に煽り立て、身体がカッと火照《ほて》ってきた。

「あ……っ」

雄の先端、透明な液が盛り上がるそこに爪を立てられ、堪らず喘ぐ。そうも刺激的な行為をそれまで幸喜はしたことがなく、どくどくと一気に血液が雄に流れ込むような錯覚を覚え、自然と身を竦ませていた。

「大丈夫」

いつの間にかキスを中断していたテオが、幸喜の耳元で優しく囁く。

「や……」

熱い息が耳朶にかかり、ぞわ、とした刺激にまた幸喜の口から声が漏れる。女の子みたいだ、と恥じ、唇を噛もうとしたが、そのとき雄の先端、縊《くび》れた部分を指の腹で擦られ、堪えきれずにまた幸喜は喘いでしまった。

「あ……っ……や……っ……」

気づけばテオの頭は胸の上にあり、彼の舌が、唇が、幸喜の乳首を舐り、吸い上げ、時には歯まで立てられる。

己の乳首に性感帯があることを、幸喜はテオにより教えられていた。胸に、雄に与えられる刺激が彼の身体に火をつけ、脳まで沸騰するほどの熱が全身に宿る。

汗が噴き出し、吐く息も熱い。しかし最も熱いのはテオに握られた雄で、今にも達してしまう、と幸喜が目をぎゅっと閉じたそのとき、胸から、雄からすっとテオの唇の、指の気配が消えた。

「え……」

薄く目を開いた幸喜の視界に、自分を見下ろすテオの顔が飛び込んでくる。

「君を抱いてもいいかな？」

相変わらず潤んだ瞳でテオが幸喜に問うてくる。欲情に意識を乱された状態の幸喜には、よく意味がわからなかったが、テオが望むことなら、と、コクリと首を縦に振った。

「ありがとう」

テオが嬉しげに笑ったあと、少し心配そうな顔になる。

「無理はさせたくない。少しでもつらかったら言うんだよ？」

「つらい……？」

何が、と首を傾げた幸喜を見下ろし、テオは感極まった表情となると、少し困ったように微笑みながら幸喜の両脚を抱え上げた。

そのまま腰を上げさせられ、身体を二つ折りにされる。

「な……っ」

幸喜が思わず声を上げたのは、テオが両手で双丘を割り、露わにした幸喜の後ろに躊躇いなく顔を埋めてきたためだった。

「や……っ……きたな……っ」

そんなところを、と幸喜はぎょっとし、声を上げたが、テオはそれを無視し、押し広げたそこにむしゃぶりつく勢いで舌を挿入し、内壁を舐り出す。

「テオ……さん……っ」

ざらりとした舌の感触を受けた内壁が、ヒク、と蠢《うごめ》く。

「……っ」

体感したことのない疼きに、幸喜が息を呑むうちに、テオはより深いところに舌を挿入させてきた。

「や……っ……なんか……っ……ん……っ」

後ろを舐りながら雄を握り、扱き上げる。前に、後ろに与えられる刺激に違和感はあったが苦痛はまるでなく、幸喜はよくわからない感覚を覚えながら、ただテオになされるがままに身を預けていた。

やがてテオは少し身体を起こすと、それまで舐っていたそこに、指をぐっと差し入れてきた。

「……っ」

なんなく根元まで挿入された指が今度は幸喜の中を丁寧に探り始める。何が起こっているのかわからず、戸惑いから身体が強張りかけたそのとき、後ろに挿入された指が入口近いところにあるコリッとした何かに触れた。

「あっ」

途端に幸喜の雄の先端から、ピュッと透明な液が滴る。

「……え……？」

またも不思議な感覚に幸喜は戸惑いの声を上げたが、一方テオは少し安堵した様子となり、にこ、と微笑みかけてきた。

「ここだね？」

「え？」

何が？　と問おうとしたが、声を発するより前にまた指でそこをくいっと抉《えぐ》られ、幸喜は堪らず大きく背を仰《の》け反《ぞ》らせてしまった。

「や……っ……え……っ……あ……っ……」

くいくいと指がそこばかりを攻め立てる。身体がふわっと浮くような、生まれて初めて体感する感覚に戸惑いながらも、前を、後ろを指で丹念に攻められるうち、幸喜の身体には再び快感が蘇った。

肌は熱し、鼓動は高鳴り、喘ぎが口から漏れる。

「はぁ……っ……あっ……あっ……あ……っ」

後ろに挿入された指の本数はいつの間にか二本、三本と増えていった。それぞれの指が絶え間なく、テオが『ここだね』と言った箇所《かしょ》を弄《いじ》り続ける。

「あ……っ……もう……っ……もう……っ」

射精の波が押し寄せてきて、もう達してしまう、と幸喜が身を捩らせたそのとき、後ろから一気に指が抜かれた。

「あっ」

指を惜しむかのように幸喜の後ろが収縮する。たまらないとしか表現し得ない感覚に身を捩ろうとしたが、それを制するかのように両脚をしっかりホールドした状態で抱え上げられ、幸喜はいつしか閉じていた目を開き、自分の身に何が起こっているかを確かめようとした。

「つらかったら言ってくれ」

テオが幸喜の両腿を抱え上げ、じっと顔を見下ろしながらそう告げる。

「……ぁ……」

幸喜が今目にしているのは、己の後ろにテオが猛《たけ》る雄の先端を宛てがっているところだった。

男同士のセックスはそこを使うということは、幸喜も何かの折に聞いて知っていた。が、自分とは無縁と思っていたので記憶の底に埋もれていた。

そうか。一つになれるのか。そう察したと同時に、どき、と鼓動が高鳴り、身体がかあっと火照ってきた。

「力を抜いておいで」

テオが優しく言いながら、ひくつく幸喜の後ろに己の雄の先端を、ずぶ、と挿入させようとする。

「……っ」

指とは比べものにならない質感に、幸喜の身体は一瞬強張りかけたが、一つになりたいという希望が勝った。

力を抜けと言われたのだった、と、はあ、と大きく息を吐き出し、強張りを解《ほぐ》そうとする。

「大丈夫？」

心配そうにテオが問うてきたのに幸喜は、コクンと首を縦に振り、大丈夫、と伝えようとした。声を発する余裕はなく、動作で伝えたのだが、テオはより心配になったようで、

「本当に？」

と問いを重ねてきた。

「う……」

大丈夫。コクコクと何度も首を縦に振り、なんとか微笑む。

「わかった」

まだ幸喜のことを案じてくれているようだったが、同じ行為を希望していることは伝わったようで、テオは静かに頷くとゆっくりと腰を進めてきた。

亀頭が内壁を擦りつつ、奥へと進んでいく。自分の中がテオのそれで満たされるという感覚に、幸喜の胸は躍り、わけもなく涙が溢《あふ》れそうになった。

ようやくテオが雄を収めきり、二人の下肢がぴた、と重なる。

「……はいった……」

はあ、と小さく息を吐き、微笑むテオの顔が本当に幸せそうに見えることに喜びを感じた幸喜の目尻を、一筋の涙が伝った。

「コーキ?」

つらいのか、と問おうとするのがわかったため、首を横に振り気持ちを伝えようと口を開く。

「嬉しくて……」

「僕もだ……っ」

幸喜の言葉を聞いた瞬間、幸喜の中でテオの雄がドクンと脈打ち、いっそう嵩《かさ》が増したのがわかった。

「え?」

「ああ、ごめん。僕も本当に嬉しいということさ」

テオは照れたように笑うと、そっと幸喜の両脚を抱え直してから、おずおずとした口ぶりで問いかけてきた。

「動いても大丈夫かな?」

「……たぶん……」

未体験ゆえ、大丈夫かどうかはわからない。だがテオが望むことはなんでも受け入れたいとの思いから、幸喜はこう、言い直した。

「大丈夫です」

「負担が大きいようならやめるからね」

言いながらテオがゆっくりと腰を前後させ始める。

「あ……っ」

彼の逞《たくま》しい雄が抜き差しされるたびに、内壁との間に摩擦熱が生まれ、その熱は快感と共にあっという間に幸喜の全身へと広がっていった。

「や……っ……あ……っ……あぁ……っ……あっ」

やがて律動のスピードが上がり、勢いが増す。奥深いところを早いテンポで力強く突かれ、内臓がせり上がるような感覚を覚える頃には、幸喜の雄はすっかり勃ち上がり、己の腹に快感を物語る先走りの液を滴らせていた。

「あぁ……っ……いい……っ……っすご……っ……なんか……っ……」

自分が何を叫んでいるのか、既に幸喜には自覚がなかった。彼の意識は今や快感に紛れて朦朧《もうろう》となり、思考力がまるで働かない状態となっていた。

「いい……っ……すてき……っ……もう……っ……もう……っ」

髪を振り乱す勢いで首を横に振り、高く喘ぐ。幸喜の頭の中で極彩色の花火が何発も上が

り、やがて光が集まったせいで視界は真っ白になり、いよいよ何も考えられなくなった。

「いく……っ……あぁ……っ……いきたい……っ……いきた……っ……あーっ」

喘ぎすぎて呼吸が困難になる。息苦しさすら覚え始めたとき、右脚を抱えていたテオの手が外された。その手は真っ直ぐに二人の腹の間で勃ちきり、パンパンに張り詰めていた幸喜の雄へと向かい、一気に扱き上げてくれる。

「アーッ」

堪えに堪えてきたところに受けた直接的な刺激には耐えられるはずもなく、幸喜は高い声を上げて達すると、テオの手の中に白濁した液をこれでもかというほど吐き出してしまった。

「く……っ」

射精を受け、幸喜の後ろが激しく蠢いたらしく、テオもまた達したようで、抑えた声を漏らし、幸喜の上で少し伸び上がるような姿勢となる。

「……あぁ……」

幸喜は後ろにずしりとした重量を感じ、テオの放ったそれの重さかと察したと同時に、とてつもないほどの充足感を覚え、思わず微笑んだ。

「愛してる」

テオもまた微笑みながら、未だ息を乱している幸喜の呼吸を妨げぬようにという配慮を見せつつ、瞼に、頬に、鼻に、時に唇に、数え切れないほどのキスを落としてくれる。

幸せだ。本当に――。その思いがじわじわと胸に湧《わ》き起こり、幸喜の瞳に涙となって表れる。

「コーキ?」

「幸せだと涙が出るなんて……初めて知りました」

心配そうに顔を見下ろしてきたテオに幸喜はそう告げると、一変して嬉しげな顔になったテオの背を両手両脚でぎゅっと抱き締め、自分がどれほど幸福を感じているかを伝えようとしたのだった。

その日から幸喜はテオと共に暮らし始めた。が、すべてをテオに甘えるのは何かが違うと思ったため、今までのアパートに支払っていたのと同額家賃を彼に納めたいと申し出、テオは渋々ながら幸喜の申し出を受け入れた。

「日本語を教えてもらうのでいいのに」

「普通に読み書きもできますよね」

実は疑っていたのだ、と幸喜が睨むと、テオは、バツの悪そうな顔をし、頭を掻いた。

「どうしてわかったの?」

「ここまで言葉が堪能で、漢字が読めないとか、無理がありますから」

気持ちが通じ合ったときから、幸喜はテオに対して、あまり遠慮することなく話せるようになった。

世間的な地位が高いことは勿論わかっているのだが、自分と知り合うきっかけに、友人の主催する劇団の芝居どおりの展開で臨むといった馬鹿げた行為を真面目《まじめ》にやったとわかり、構えずに向かい合えるようになったのだった。

「慣用句は未だにわからないよ。なんだっけ？　この間教えてもらった……」

「焼け太りでしたっけ？　これ、慣用句なのかな……」

「お互い、英語と日本語を教え合うっていうのではどう？」

テオの提案は幸喜にとっては渡りに船で、尊敬するテオに少しでも近づきたいと幸喜は日日、努力を重ねている。

今までは生活に追われてもいたし、将来の展望を考える気持ちの余裕もなかった。『僕なんかどうせ』と自己卑下することも多かったが、今、幸喜には『こうありたい』という指標ができた。

テオに相応《ふさわ》しくありたい。彼の隣にいるのに相応しい人間になりたい。

今の自分にとっては遠い道のりだということはわかっている。しかし社会に出る頃には堂堂と胸を張り、彼の隣に立ちたい。

その目標があるから、毎日を有意義に過ごせる。そうした向上心だけでなく、テオは幸喜に家族の温もりも与えてくれた。

共に暮らす喜び。互いを思いやる気持ち。両親を亡くしてから幸喜はそんな喜びや気持ちを忘れていた。

今は毎日が楽しい、と見やった先、テオが嬉しげに微笑んでみせる。

「君と出会ってから僕の人生はがらりと変わった。毎日が喜びで輝いている。浮かれすぎてまた、おかしなことをしでかしてしまいそうなほどに」

「それはもう、勘弁してください」

思わず噴き出した幸喜を、テオが優しく抱き締める。

「ああ。何かやるとしても君にはすべてを打ち明ける。失いたくないからね」

「僕もです」

即答した幸喜の頬にテオの指先が伸び、両手で頬を包まれる。

「愛してるよ」

「愛してます。テオ」

さんざん頼み込まれたこともあって、ようやく幸喜はテオのことを『さん』づけでなく呼べるようになっていた。

この先、どのような未来が開けてくるかはわからない。しかしどのような未来であってもテオの隣にいたい。その願いを込め、見上げた先ではテオが嬉しそうに微笑んでいる。

予想外としかいいようのない出会いではあったが、未来ははっきりと『予想』してみせる。

固い決意を胸にテオを見つめる幸喜を、テオがきつく抱き締める。

きっと予想している未来も同じだ、と安堵しながら幸喜は、少しも早く彼と肩を並べられる男になってみせると、テオの背をしっかりと抱き締め返したのだった。

後日談

「え？　同棲相手は桃香《ももか》ちゃんじゃないって？」

戸惑う声を上げる店長、松井《まつい》に幸喜《こうき》は、どう説明すればいいのやらと内心頭を抱えつつ、できる限りわかりやすいようにと気をつけながら、説明を始めた。

「ええと……桃香さんは、実は女優さんで……」

「女優？　なに？　なんの話？」

松井は戸惑っていたが、幸喜の説明を八割がた、理解してくれたようだった。

「つまりは、この間店に来たハリウッドスター並のイケメン外国人が、君との出会いをでっち上げるために桃香ちゃんに協力を仰いだって、そういうこと？　その上、僕には嫉妬していたから当たりがきつかったって？　なんで僕に？　え？　僕がイケメンだから？　それは嬉しいけどさあ」

呆れた口調になった松井だが、幸喜が、

「本当にすみません」

と頭を下げると「いいんだけどさ」と苦笑した。

「いやあ。君が桃香ちゃんと同棲するのも意外だったけど、あの外国人のイケメンと同棲するのも意外……あれ？　意外ではないかな？　桃香ちゃんよりあのイケメンのほうがなんとなく君にははまる気がするな」

松井はリベラルな思想の持ち主だったようで、必死の思いで打ち明けた幸喜に対し、実に鷹揚《おうよう》な対応をしてくれた。

「あのイケメンに伝えてよ。僕はイケメンというよりは妻と二人の子供を愛するイクメンだって」

「伝えました。あのときは酷い態度をとってしまって申し訳なかったって言ってました。直接謝罪に行きたいと言われたんですが、面倒くさいので断っておきました」

「よかった。まさに面倒だよ。しかしなんていうか……君の恋人は……凄いね」

「……はい。凄いです」

色々な意味で。頷いた幸喜に松井が苦笑する。

「ベタ惚れだね。にしても、君にも恋人ができたのは喜ばしいよ。なんていうか君は、生きることに精一杯といった感じだったから」

「店長……」

見抜かれていたとは。思わず呼びかけた幸喜に松井は、どこか遠い目となり、ポツリと呟く。

「僕も実は、君と境遇がよく似ているんだ。早くに事故で両親を亡くしてね。天涯孤独の身の上だった。妻と出会うまでは」

「……松井さん……」

呼びかけた幸喜に松井は、にこ、と微笑《ほほえ》んだあと、しみじみとした口調になった。

「君にも家族ができたんだね」

「はい……」

幸喜が頷くと松井は、

「君目当てに店に通ってくれている女子大生には申し訳ないけど、まあ、それは仕方ないよね。言わなきゃバレないわけだし」

にや、と笑ってそう言い、ぽん、と肩を叩いてきた。

「君もそこのところ、よろしく頼むね」

「よろしくと言われても……」

何をどうすればいいのか、と途方に暮れてしまった幸喜の前で、松井が笑う。

「何をどうしなくてもいい。普段どおりにしていてくれていいから」

「はあ……」

今一つ、話は見えなかったが、幸喜としては長年世話になっている松井に嘘をつかずにすんだことを安堵していた。

「でもそんな独占欲バリバリの彼氏なら、ここのバイトも嫌がるんじゃないの？　ウチとしてはキツくはあるけど、僕は君の幸せのほうを優先したいから、辞めたほうがよければ辞めてもいいよ」

「いいえ。辞めたくないです。ここのバイト料で家賃を払っているので」

幸喜の言葉に松井は意外そうな顔になった。

「え？　彼氏ってセレブなんだよね？　家賃とか取るの？」

「僕が払いたいって言ったんです。家賃までもってもらうのは何か違うと思って」

「清瀬《きよせ》君、君、いい子過ぎる。よしわかった。店内で客とおかしなことにならないように僕が責任をもって見張らせてもらう。そうだ、料理も伝授するよ。君が彼氏と幸福にして濃密な時間を過ごせるように」

松井に胸を張られ、申し訳ないとは思ったものの、幸喜は彼のありがたすぎる申し出を受けることにした。

「ありがとうございます。本当に料理には困ってしまって。テオは何を作っても『美味しい』と言ってくれるんですが、絶対無理していると思うんですよ」

助かります、と幸喜が頭を下げると、途端に松井はにやにやと笑い、彼を揶揄《からか》ってきた。

「何それ。惚気《のろけ》？」

「え？　どこがですか？」

無自覚だった幸喜が戸惑った声を上げる。

「いや、なんていうか。君の恋人は色々苦労しているだろうね」

やれやれ、というように松井が肩を竦《すく》める。よく意味がわからなかったため、幸喜は家に帰ってからテオに松井との会話を話し、

「苦労している？」

と問いかけた。

「うーん。していると言えばしている……かな」

苦笑しつつ頷いたテオに、否定の答えを期待していた幸喜は焦って、

「してる？　どこ？」

と問いかけ、言葉を足した。

「直せるところは直すから。直せないところも努力する」

「あはは、きっと直らないし、直してほしくないかな」

「え？　どういう意味？」

首を傾《かし》げるばかりだった幸喜に向かって手を差し伸べながら、テオが悪戯っぽく笑いウインクする。

「君の、ちょっと鈍くて天然なところが好きだからさ」

「鈍い……は、反省するけど、天然は納得できないよ」

どちらかというとテオの方が天然な気がする、と口を尖《とが》らせながらも幸喜はテオの手を取ると、彼に導かれるがまま、その胸に身体《からだ》を預けた。

「じゃあ、天使みたいなところ」

「もっと納得できない」

言葉の応酬の合間に、キスを交わしながら二人はベッドへと向かい、もつれ合うようにして倒れ込む。

「ん……っ」

テオのキスにただ翻弄されていただけだった幸喜だが、回数を重ねるうちに耐性ができ、情熱的なテオのキスを受け止め、応《こた》えることができるようになってきた。

とはいえまだ経験が浅いので、キスから先に進むと途端に余裕はなくなる。

「や……っ」

唇を塞ぎながらテオが幸喜の薄い胸に掌を這わせる。乳首を擦り上げられただけで、びく、と幸喜の身体は震え、合わせた唇の間からは堪えきれない声が漏れてしまった。

テオは幸喜の声を聞きたがるが、幸喜は未《いま》だ羞恥が勝り、できるかぎり堪えようとする。しかしそんな幸喜の頑張りを崩すことはテオにとっては赤児の手を捻《ひね》るようなもので、ツンと勃ち上がった乳首を指先で摘まみ上げると、きゅっと抓《つね》り上げた。

「あ……っ」

幸喜は実に敏感な体質で、乳首は特に弱い。抓り上げたあとにテオが指先でそれを弾き、爪を立ててきてはもう、声を上げずにはいられなくなった。

「あ……っ……あぁ……っ……あっ……」

テオの唇は今、もう片方の乳首に到達していた。片方を指で、もう片方を舌で攻められるうちに、早くも幸喜の意識は朦朧《もうろう》となり、快感の波に攫《さら》われそうになる。

やがてテオの唇は胸から腹へと滑り、幸喜の下肢に辿り着く。気づかぬうちに両脚を開かされていた幸喜の下肢に顔を埋めるとテオは、勃ちかけていた雄を口へと含み、唇で、舌で攻め立て始めた。

「それ……っ……や……っ……あぁ……っ」

童貞の幸喜にフェラチオの経験があるはずもなく、テオに最初にされたときには、汚いのに申し訳ない、と恐縮しまくった。加えて得たことのないほど大きな快感は恐怖に似た感覚を呼び起こし、自分がどうにかなってしまいそうなのが怖くて、幸喜は今日も激しく首を横に振り、テオから逃れようと身を捩《よじ》った。

が、テオはその恐怖がかりそめのものとわかっているようで、がっちりと太腿をホールドし、尚も幸喜の雄を舐《ねぶ》る。

「や……っ……あ……っ……いく……っ……もう……っ」

テオの見立てどおり、快楽の波に乗りきってしまうと幸喜から恐怖心は失《う》せ、唇からはより高い喘ぎが漏れ始める。

今、幸喜の全身は灼熱《しゃくねつ》の焔《ほむら》に焼かれ、意識は既にないような状態だった。朦朧としているがゆえ、無意識にテオの髪を摑《つか》み、雄を離させようとする。

「……っ」

意識があれば、こうして痛みを覚えるほどの力を出すことはないとテオもわかっているので、苦笑し顔を上げると、幸喜の両脚を抱え上げ、恥部を露わにした。

「朝もたくさんしたから、すぐ挿《い》れても大丈夫かな？」

テオが何かを問うてきたが、幸喜は彼の言葉を理解できる状態になかった。

「つらそうだったらやめるからね」

それもまたテオは察しているようで、微笑みそう告げると幸喜のそこに己の雄の先端をあてがった。

逞しい彼の雄が、ずぶ、と幸喜の中に挿《はい》ってくる。

「あぁ……っ」

テオの見立てどおり、幸喜は苦痛を覚えることなく、彼の雄を受け入れることができた。

奥まで貫かれ、幸喜の背が大きく仰け反る。それを見てテオが嬉しげに笑ったのだが、その顔を見る余裕も幸喜からは失われていた。

「動くよ」

幸喜の両脚を抱え直すとテオはそう言い、言葉どおり激しい突き上げを始めた。

「あ……っ……あぁ……っ……あっあっあっ」

奥底を抉《えぐ》る勢いで雄を突き立てられ、幸喜はあっという間に絶頂へと導かれていった。

「あつ……っ……熱い……っ……からだが……っ……熱い……っ」

汗に濡れる太腿を抱え直し、テオが尚一層深く、激しく幸喜を突き上げる。今や幸喜の頭の中は真っ白で、ただただ達したいという欲望に忠実な獣となっていた。

「いく……っ……もう……っ……もう……っ……」

自分がどれほど切羽詰まった、そして淫らな声を上げているか、その自覚が幸喜にあろはずはなかった。髪を振り乱し、激しく首を横に振る彼の眉間に、息苦しさを物語る縦皺《たてじわ》が寄る。

「ああ、ごめん」

途端に申し訳なさそうな顔になったテオが詫びてきたが、それに気づくことも最早、幸喜はできなかった。

テオが幸喜の片脚を離した手を二人の腹の間へと向かわせ、破裂しそうになっていた雄を摑み、一気に扱《しご》き上げる。

「あぁっ」

一段と高い声を上げて幸喜は達し、白濁した液を飛ばしていた。ほぼ同時にテオも達したようで、微かに声を漏らしたあと、幸喜に覆い被さってくる。

「……大丈夫?」

はあはあと息を乱す幸喜の顔を、心配そうに見下ろしてくるテオの言葉をようやく幸喜は解することができる状態に戻っていた。

「…………」

しかし未だ息が整わず、笑顔となり頷くことしかできずにいた幸喜にテオが、安堵したように微笑み、唇を寄せてくる。

「愛してる。この世の誰よりも」

「……っ……ぼく……も……っ」

まだ喋《しゃべ》れるような状態ではなかったものの、気持ちは伝えたい、となんとかそう告げた幸喜をテオはそれは愛しげに見下ろすと、気持ちを込めたキスを頬に、瞼に、鼻に、そしてようやく息が整ってきた唇に、数え切れないほど落としてくれたのだった。

あとがき

はじめまして&こんにちは。愁堂れなです。

この度は九十冊目（！）のルチル文庫となりました『昨日の恋敵《てき》は今日の恋人』をお手に取ってくださり、誠にありがとうございました。

自覚のない美青年、十九歳の苦学生幸喜が、同級生の桃香という美女にルームシェアを持ちかけられるも、指定された家にいってみるとそこは超高層にして超高級マンションの一室で、中には金髪碧眼の美男子、しかもビジュアルも中身もハイスペックなテオがいて、二人して詐欺にあったことに気づく。

テオは社会的立場から警察には届けられないと告げ、自分たちで詐欺師、桃香を探しだそうと幸喜を誘うのだが――という、二時間サスペンスというよりは連ドラサスペンスといったお話となりました（……って、そうでもないですか（笑）？）。

あとがきを先に読まれるかたもいらっしゃるかと思い、ネタばれはしないよう気をつけようと思いつつ、テオも幸喜もいろんな意味で『大丈夫かこの人』と心配なキャラクターだなと思います（笑）。

とても楽しく書きましたので、皆様にも少しでも楽しんでいただけましたらこれほど嬉しいことはありません。

イラストをご担当くださいました緒花先生、素敵なキャラクターたちを本当にありがとうございます！

表紙の二人とデザインの素晴らしさに感激しました！　王子様のようなテオと可愛すぎる幸喜にメロメロです。

お忙しい中、本当にありがとうございました。とても嬉しかったです。

また今回も大変お世話になりました担当様をはじめ、本書発行に携わってくださいましたすべての皆様に、この場をお借り致しまして心より御礼申し上げます。

九十冊目ともなると、カバー折り返しの自著欄が結構すごいことになっているので、是非ご覧になってみてください（笑）。

こんなにたくさん本を出していただけて本当に幸せです。改めてルチル文庫様に、担当様に御礼申し上げます。

こうして本を出していただけるのも、いつも応援してくださる皆様、拙作をお手に取ってくださいました皆様のおかげです。本当にありがとうございます。

これからも皆様に少しでも楽しんでいただける作品を目指し精進して参りますので、引き続きどうぞよろしくお願い申し上げます。

次のルチル文庫はまた書き下ろしの新作となる予定です。そのあとがシリーズものとなります。

新作では今まであまり書いたことのないタイプのお話に挑戦しています。こちらもよろしかったらどうぞお手にとってみてくださいね。

シリーズは『たくらみ』です。こちらの執筆も頑張ります！

また皆様にお目にかかれますことを、切にお祈りしています。

令和二年八月吉日

愁堂れな

（公式サイト『シャインズ』http://www.r-shuhdoh.com/
Twitter https://twitter.com/renashu）

✦初出　昨日の恋敵は今日の恋人……書き下ろし
後日談…………………………書き下ろし

愁堂れな先生、緒花先生へのお便り、本作品に関するご意見、ご感想などは
〒151-0051 東京都渋谷区千駄ヶ谷 4-9-7
幻冬舎コミックス　ルチル文庫「昨日の恋敵は今日の恋人」係まで。

幻冬舎ルチル文庫
昨日の恋敵《てき》は今日の恋人

2020年8月20日　　第1刷発行

✦著者	愁堂れな　しゅうどう れな
✦発行人	石原正康
✦発行元	株式会社 幻冬舎コミックス 〒151-0051 東京都渋谷区千駄ヶ谷 4-9-7 電話 03(5411)6431[編集]
✦発売元	株式会社 幻冬舎 〒151-0051 東京都渋谷区千駄ヶ谷 4-9-7 電話 03(5411)6222[営業] 振替 00120-8-767643
✦印刷・製本所	中央精版印刷株式会社

✦検印廃止

ISBN978-4-344-84702-6　C0193　Printed in Japan

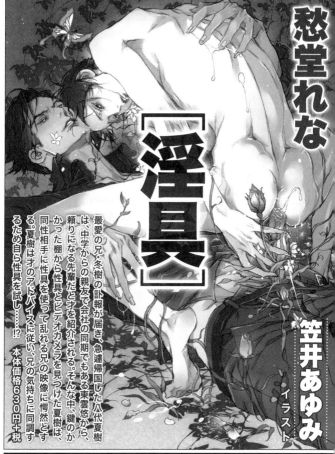

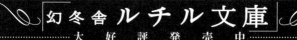